Lukas Stoermer

Der Schnitt

Ein Sachroman

© Lukas Stoermer 2009 — alle Rechte vorbehalten

Alle Rechte für diese Ausgabe:

elbaol verlag für printmedien
Ellen Balsewitsch-Oldach
Eulenstr. 51
D - 22765 Hamburg
Fon & Fax: +49 (0) 40 27 86 11 88
E-Mail: elbaol@gmx.de
www.elbaol.de

Titelbild: Lukas Stoermer, E. Balsewitsch-Oldach

Umschlaggestaltung: Books on Demand GmbH

Herstellung: Books on Demand GmbH

Printed in Germany

ISBN: 978-3-939771-05-0

Euro 14,95

Der Schnitt

Inhalt **Seite**

Anstelle eines Vorworts	9
Montagmorgen	11
Eine ganz normale Familie - Sommerurlaub	12
Abgehauen	18
Internat	33
Der Eingangscheck	38
Kinderurologie	46
Alles ist anders	57
Bin ich noch wie andere Jungen?	66
Wieder krank	71
Am Marterpfahl	79
Blutgrätsche	83
Beschnitten - beschämt	93
Barfuß	101
Amerika	107
Nacktbaden	112
Der „Eierkontrollgriff"	120
Ein Kind	127
Die „Mitbeschneidung"	146
Scheidung	153
Wunder geschehen	160
Behandlungsfehler	178
Beschneidung heute	181
Montagmorgen	187

**Allen Jungen, die beschnitten wurden,
ohne je danach gefragt worden zu sein.**

Die Vorhaut macht 50 Prozent der Haut des Penis aus, zirka 25-30 Quadratzentimeter des erogenen Penisgewebes eines durchschnittlichen erwachsenen Mannes. Sie stellt auch eine bewegliche Schutzhülle dar, die wesentlich zur lustvollen Beweglichkeit, Gleitfähigkeit und Gefühlsintensität während des Masturbierens, beim Vorspiel und beim Geschlechtsverkehr beiträgt. Ein kompletter Penis mit der vollständigen Anzahl feinster, in der Vorhaut angesiedelter Rezeptoren, ermöglicht es dem Mann, bei sexuellen Aktivitäten die ganze sensorische Empfindungsskala zu erleben.

Hanny Lightfoot-Klein
„Der Beschneidungsskandal"

Anstelle eines Vorwortes

Die Beschneidung von Mädchen, vor allem in Afrika, aber auch anderswo in aller Welt, wird schon seit langem zu Recht kritisiert und geächtet. Insbesondere der Roman „Wüstenblume" von Waris Dirie führt die Folgen dieses grausamen Rituals, gegen das viele Organisationen seit Jahren ankämpfen, besonders drastisch vor Augen.
Demgegenüber ist die Jungenbeschneidung nach wie vor höchst selten Gegenstand gesellschaftlicher Diskussionen. Meist fallen in diesem Zusammenhang Sätze wie: „Es ist schließlich nur ein ganz kleiner Eingriff, der hygienisch nur Vorteile bringt und zudem schnell wieder verheilt."
In der Tat wird eine Jungenbeschneidung in der Regel als etwas „ganz Normales" dargestellt, selbst in bedeutenden Romanen der Weltliteratur. So beginnt beispielsweise John Irwing's „Gottes Werk und Teufels Beitrag" damit, dass auf einer Säuglingsstation alle neugeborenen Jungen unmittelbar nach der Geburt ganz selbstverständlich beschnitten werden.
Dass eine Beschneidung jedoch ein - im wahrsten Sinne des Wortes - sehr einschneidendes Erlebnis im Leben eines Jungen sein kann und von den Betroffenen nicht nur als positiv, ja mitunter sogar als sexuelle Verstümmelung empfunden wird, wird häufig übersehen.
Da Jungen in aller Regel vor der Pubertät beschnitten werden, fehlt den meisten die Vergleichsmöglichkeit des sexuellen Lustempfindens mit einem intakten Penis. „ Der Schnitt" erzählt von einem Jungen, dessen Vorhautentfernung genau in die Zeit der

Pubertät fiel. Manuel schreibt über seine Gefühle und die mit der Beschneidung verbundenen Folgen, über den Umgang mit Mädchen sowie über die eigene sexuelle Identität und das Gefühl „anders" zu sein, das er auch später nie wirklich los wurde.

Der aktuelle Anlass, dieses Buch zu verfassen, war der tragische Tod des kleinen Franjo, der im Anschluss an seine Beschneidung sterben musste, und der Auftakt des Prozesses gegen die behandelnde Ärztin in Hamburg.

Dieses Buch soll weder als Anklage verstanden werden, noch als Versuch, in irgendeiner Weise die Beschneidungen von Männern und Frauen miteinander zu vergleichen oder die Beschneidung von Jungen in anderen Kultur- und Religionskreisen zu kritisieren. Es will lediglich den Fokus auf ein Tabuthema lenken, über das in Deutschland immer noch weitgehend Unkenntnis herrscht, weshalb bis zum heutigen Tag noch immer zu viele Jungen im „Schweigen ihrer Umwelt" gefangen sind.

Montagmorgen

Es ist ein gewöhnlicher Montagmorgen in Hamburg ohne besondere Vorkommnisse. Es regnet. Ich sitze in der S- Bahn in Richtung Innenstadt auf dem Weg zur Arbeit und lese wie gewöhnlich die Morgenzeitung. Unter der Überschrift „Ich hoffe, Sie können mir einmal vergeben" wird der Prozessbeginn gegen die Hamburger Ärztin geschildert, die für den Tod des kleinen Franjo verantwortlich ist. Die Medizinerin hatte dem vier Jahre alten Jungen nach einer „Routineoperation" eine tödliche Dosis Glukose injiziert. Nur ganz am Rande wird erwähnt, dass es sich bei der Operation um eine Beschneidung handelte. Ich beschließe einen Leserbrief an die Redaktion des Hamburger Abendblattes zu schreiben, aber vergeblich. Alle Versuche, diesen Fall nicht nur vor dem Hintergrund des Fehlverhaltens der Narkoseärztin zu beleuchten, sondern vielmehr die Frage nach Sinn oder Unsinn der Beschneidung überhaupt zu stellen, scheitern.
Das Abendblatt berichtet in der Folgezeit in seinem Lokalteil zwar ausführlich über den Fall und den weiteren Prozessverlauf, weigert sich aber strikt, einen Leserbrief, abzudrucken, der die Notwendigkeit der Beschneidung eines Vierjährigen in Frage stellt.
Niemand scheint sich für die Beschneidung kleiner Jungen zu interessieren. Ich halte einen Augenblick inne und versuche zu ergründen, warum das so ist.
Beim Gedanken an das Thema Bescheidung, reichen meine Gedanken weit zurück.

Eine ganz normale Familie - Sommerurlaub

Wenn ich an meine Kindheit denke, fallen mir immer zuerst die Sommerurlaube in Frankreich ein. Alle in unserer Familie war ausgesprochene Frankreichfans, was später schließlich auch dazu führte, dass zwei meiner Geschwister französisch studierten. „Urlaub!" Dieses Wort bedeutete für mich jahrelang einfach da zu sein, wo die Sonne scheint. Ziel war zumeist die Cote D'Azur, mitunter aber auch die französische Atlantikküste. Irgendwie war es in unserer Familie ein ungeschriebenes Gesetz, dass jeder französisch lernte. Gefragt, warum wir in den Ferien immer nach Frankreich fuhren, argumentierten meine Eltern stets, das Angenehme mit dem Nützlichen verbinden zu wollen. Schließlich sei das Land wunderschön und außerdem sei es wichtig, französisch sprechen zu können. Ganz genau erinnere ich mich noch an das herrliche Wellenreiten im Mittelmeer, an die niedlichen kleinen Gässchen, genauso wie an die einladenden Straßencafés. Besonders liebte ich es, mit bloßen Füßen im warmen Sand zu laufen, mit anderen Kindern am Strand zu spielen und stundenlang Sandburgen zu bauen.

Das Licht der Welt erblickte ich im Jahre 1971. Meine Kindheit verlief zunächst ohne besondere Vorkommnisse. Als jüngster Sohn von vier Kindern wuchs ich gemeinsam mit meinem Bruder und meinen zwei Schwestern auf.

Meine Mutter war bei meiner Geburt schon Ende Dreißig. Sie stammte aus einer Bauernfamilie. Ihre Eltern waren einfache Leute, die es durch harte Arbeit zu etwas gebracht hatten. Zu ihrem Vater hatte ich ein sehr enges und herzliches Verhältnis, das bis zu seinem Tod andauerte. Mein Großvater war immer für mich da, wenn meine Eltern mal weg mussten oder aus anderen Gründen keine Zeit hatten. In meiner Erinnerung ist er mir stets gegenwärtig, als ein Mann, der mir vorlas und viel von früher erzählte. Er hatte beide Weltkriege miterlebt und seine Frau früh verloren, was entsprechende Spuren in seinem Gesicht hinterlassen hatte. Dennoch habe ich ihn nie als verbitterten Menschen erlebt. Immer wenn ich krank war, saß er an meinem Bett und las mir aus meinem Lieblingskinderbuch, „Räuber Hotzenplotz" vor. Sein Tod war der erste wirklich große Verlust in meinem Leben.

Mein Vater war vier Jahre älter als meine Mutter. Seine Eltern lebten bei meiner Geburt bereits nicht mehr. Über meine Großeltern väterlicherseits wurde in unserer Familie wenig gesprochen. Mein Vater hatte einen sicheren Beamtenjob, so dass wir zwar nicht gerade reich waren, aber auch keine finanziellen Sorgen hatten. Meine Mutter war gelernte Bankkauffrau, hatte sich jedoch nach vier Kindern dafür entschieden, ganz für die Familie da zu sein.

Als Kind war ich oft krank und stets untergewichtig. Die schlimmste Kindheitserinnerung war, dass ich täglich Karottensaft trinken musste. So sehr ich mich auch dagegen wehrte, meine Mutter bestand darauf, weil sie der Ansicht war, dass ich ansonsten zu wenig Vitamin A zu mir nähme. Meine Abneigung gegen Karottensaft führte soweit, dass ich die tägliche Ration mit einer Mischung aus Hass und Abscheu einnahm. Wenn ich das Buch von Boris Becker „Was Kinder stark macht", lese und dabei etwas schmun-

zelnd über die Stelle: „Ich hatte das Glück, in einer Familie aufzuwachsen, in der Wert auf gesunde Ernährung gelegt wurde", stolpere, kann ich nur sagen, dass ich ebenfalls in solch einer Familie lebte, wenngleich ich das damals freilich nicht als Glück ansah.
Wie tief dieses Trauma saß, wurde mir erst viele Jahre später bewusst. Ich war neunzehn und mittlerweile Student, als ich mir in der Mensa ein Getränk zum Essen holen wollte. Doch anstatt, wie sonst üblich, nach dem Orangensaft zu greifen, beschloss ich zur Abwechslung ein Glas Multivitaminsaft zu trinken. Also stellte ich das Glas mit dem „Multivitaminsaft" oder besser gesagt mit dem, was ich dafür hielt, auf mein Tablett. Als ich dann jedoch den Geschmack des Karottensaftes wahrnahm, muss mein Gesichtsausdruck für die Studienkollegen an meinem Tisch wohl unbeschreiblich gewesen sein. Was war passiert? Ich hatte freiwillig Karottensaft getrunken, freilich ohne es zu wollen. Aber was war so schlimm daran? War es wirklich der Geschmack oder einfach die Tatsache, dass in den Sekunden des Bewusstwerdens das ganze Ernährungstrauma meiner Kindheit wieder in mir wach wurde? Diese Frage konnte ich mir bis heute nicht beantworten.
Zu meinem Bruder Christian hatte ich ein gespaltenes Verhältnis. Bei Streitereien mit ihm zog ich meist den Kürzeren, ganz einfach weil er der Stärkere war. Aber zu meiner vier Jahre älteren Schwester Stefanie, mit der ich lange ein Zimmer teilte, entwickelte ich ein sehr enges Verhältnis, welches bis heute anhält. Eine sehr „treue Freundin" war unsere Labradorhündin Elsa.

Schon früh begann ich, mich für Sport zu begeistern. Insbesondere Schwimmen und Hockey hatten es mir angetan. Sport wurde zu einem wesentlichen Bestandteil meines Lebens. Bei schönem Wetter fuhren wir gelegentlich zum Baden an einen in der Nähe gelegenen Baggersee. Ich mochte es, mich an heißen Tagen in die Sonne zu legen, um anschließend im See zu schwimmen, viel lieber als im überfüllten Freibad.
In der Schule glänzte ich nicht gerade durch gute Noten. Insbesondere bereiteten mir die Fächer Mathematik und Physik mitunter erhebliche Schwierigkeiten. Leicht fielen mir dagegen Fremdsprachen.
Mein Leben änderte sich schlagartig kurz vor meinem 13. Geburtstag. Alles fing damit an, dass mein Vater infolge einer Erkrankung frühpensioniert wurde und wir deshalb umzogen. Da meine beiden ältesten Geschwister Sabine und Christian bereits studierten und zu Hause ausgezogen waren, suchten meine Eltern ein kleineres Haus auf dem Land. Für meine Schwester Stefanie und mich bedeutete dies allerdings, dass wir von nun an jeden Tag über eine Stunde mit dem Bus fahren mussten, um zur Schule zu kommen. Das empfanden wir als ziemlich stressig. Dennoch steckte Steffi die Situation leichter weg, und weil sie zudem nur noch ein Jahr bis zum Abitur hatte, stand für sie ein Schulwechsel außer Frage. Ich dagegen kam mit der Situation weniger gut zurecht. Mit der Zeit wurde ich immer dünner und auch mit meinen schulischen Leistungen ging es rapide bergab. Daher hätte es mich eigentlich nicht überraschen dürfen, als mir meine Eltern eines Abends eröffneten, nicht mehr länger tatenlos zu-

schauen zu wollen. Kurz zuvor hatte meine Mutter sich anlässlich eines Elternabends anhören müssen, dass ich mit der Schule anscheinend nicht klar käme. Das ganze endete schließlich mit einem Paukenschlag seitens meiner Mutter, der mich aus allen Wolken fallen ließ: Ich kam von der Schule nach Hause, zog mir die Schuhe aus und feuerte meinen Rucksack wie üblich in die Ecke.
„Wie war' s in der Schule?"
„Ach, wie immer!", gab ich bewusst wortkarg zurück, weil ich weitere Fragen vermeiden wollte.
„Habt ihr die Mathearbeit zurück?"
„Ja."
„Und?"
„Wieder 'ne Fünf", gestand ich kleinlaut und wollte mich schnell auf mein Zimmer zurückziehen.
„Also so geht das doch nicht weiter. Du fühlst dich doch total unwohl auf der Schule und durch die viele Fahrerei jeden Tag hast du fast keine Freizeit. Richtig gute Freunde hast du auch nicht."
„Ja, und was soll ich da machen? Ich kann nichts dafür, dass ich am Arsch der Welt wohne."
„Bald wirst du dieses Problem nicht mehr haben!"
„Was soll das heißen?"
„Das heißt, dass wir uns entschlossen haben, dir ein schönes Internat zu suchen, Papa und ich."
Damit war die Katze also aus dem Sack. Dabei war das Thema „Internat" alles andere als neu. Schon ein paar Jahre zuvor hatten meine Eltern einmal damit gedroht, mich in ein Internat stecken zu wollen, wenn ich auf dem Gymnasium nicht zurecht käme.
„Was sollt das? Wollt ihr mich loswerden?", rief ich empört.

„Das hat mit loswerden nichts zu tun und das weißt du genau!"
„Ich hab' aber keine Lust, mich abschieben zu lassen!"
„Manuel, du weißt, dass wir es gut mit dir meinen!"
„Aber gut ist manchmal genau das Gegenteil von gut gemeint!", sagte ich und knalle die Tür zu.
So einfach wollte ich mich nicht geschlagen geben.
Und so begann ich bereits einen Tag später nach Auswegen zu suchen und dachte darüber nach, wie ich Internat entkommen könnte.

Abgehauen

„Abzuhauen ist auch eine Möglichkeit!", sagt Jean-Paul Belmondo in einem meiner Lieblingsfilme „Der Profi". Ich sah diesen Film wieder und wieder, wohl wissend, dass Belmondo selbst natürlich nie abhauen würde.

„Aber warum eigentlich nicht?", schoss es mir durch den Kopf. Schließlich wollten mich meine Eltern sowieso loswerden. Also fing ich an, in diese Richtung Pläne zu schmieden.

Von meinem Schulfreund Steffen, der zu diesem Zeitpunkt in so ziemlich allen Hauptfächern „mit dem Rücken zur Wand stand", wusste ich, dass er ähnliche Gedanken hatte. Er hatte von der Schule schon lange die Schnauze voll. Schon bald darauf begannen wir, uns diesbezüglich auszutauschen.

An einem der nächsten Tage trafen wir uns zum Billardspielen. Wir beide hatten eine Schwäche für diese Art der Freizeitbeschäftigung.

„Hast du schon mal daran gedacht, einfach abzuhauen?", fragte ich. So wie ich ihn einschätzte, müsste ihm dieser Gedanke mit Sicherheit schon mindestens ein Dutzend Mal gekommen sein.

„Mal? Das soll wohl ein Witz sein. Ich denk' dauernd darüber nach! Ich bleibe so oder so sitzen, steh' in allen Hauptfächern auf fünf. Kann machen was ich will, es nützt sowieso nichts!"

„Ich hab' auch keinen Bock mehr! Meine Eltern haben neulich gesagt, dass sie mich ins Internat schicken wollen."

„Echt?"

„Ja. Und ich glaube diesmal meinen sie es wirklich ernst."

„Hört sich ja bescheuert an. Also auf Internat hätte ich auch keinen Bock!"

„Wollen wir nicht zusammen abhauen?"

„Und wohin?"

„Nach Amerika?"

„Amerika?"

„Ja. Einfach ein paar Sachen packen und weg! Ein neues Leben!"

„Meinst du nicht, Amerika ist ein bisschen weit? Also mir würde schon Frankreich genügen."

„Aber in Amerika gibt's viel mehr Möglichkeiten. Außerdem ist es viel aufregender. Wir können einfach in einer Hütte am Strand wohnen und den Fisch essen, den wir selbst fangen. Ich weiß, dass man in Amerika keinen Angelschein braucht. Wir fahren einfach nach Hamburg und verstecken uns da auf einem Schiff. Das ist die billigste Art 'rüber zu kommen."

Wahrscheinlich hatte ich einfach zu viel Karl May gelesen. Hätte ich damals geahnt, dass ich nicht nur vor dem Internat, sondern auch vor der Beschneidung fliehen würde, hätte ich wohl eher Australien denn Amerika gewählt.

„Und was sagen wir unseren Eltern?", warf Steffen ein.

„Da wird uns schon was einfallen. Zur Not sagen wir, wir sind entführt worden!"

Ich sagte das, ohne weiter darüber nachzudenken, geschweige denn, mir über die Konsequenzen auch nur annähernd bewusst zu sein. Hätte ich geahnt, was ich damit anrichten würde, ich hätte die Idee si-

cher sofort wieder verworfen. Selbst heute, so viele Jahre später, fällt mir auf die Frage, welchen Fehler meines Lebens ich keinesfalls wiederholen wollte, als erstes diese vorgetäuschte Entführung ein.
Steffen sagte nichts. Er schien jedoch auch keine bessere Idee zu haben. Irgendwas mussten wir unseren Eltern schließlich sagen. Außerdem wollten wir verhindern, dass sie nach uns suchten.
Ein paar Tage später trafen wir uns erneut zum Billardspielen. Es war an jenem Freitag vor den Halbjahreszeugnissen. Damals fand an Samstagen noch Unterricht statt. Steffen klingelte überraschend bei uns und wir verzogen uns in mein Zimmer.
„Hauen wir heute schon ab?", schaute er mich fragend an.
„Wieso heute schon?"
„Na, du weißt doch, dass es morgen Zeugnisse gibt, und ich habe keine Lust dabei zu sein, wenn mein Vater wegen meiner Fünfer ausrastet."
Für Steffen war die schulische Situation weit schlimmer als für mich. Zwar musste auch ich damit rechnen, dass meine Versetzung gefährdet war, allerdings stand ich „nur" in zwei Fächern zwischen vier und fünf und hatte somit noch die Chance für Ausgleich zu sorgen. Außerdem wusste ich, dass mir im schlimmsten Fall sowieso das Internat drohen würde, sodass ich mir einbildete, nichts zu verlieren zu haben.
„Also gut! Dann lass uns schnell unsere Sachen packen. Viel brauchen wir nicht.", entgegnete ich.
„Nein, nur ein paar Socken und T-Shirts. Ich gehe noch mal heim und bin in einer Viertelstunde wieder hier, einverstanden?"

„Okay! Wir treffen uns unten an der Bushaltestelle."
Bereits zehn Minuten später standen wir beide am Treffpunkt. Wir waren fest entschlossen, uns in ein „großes Abenteuer" zu stürzen. Tatsächlich begingen wir unsere größte Dummheit.
Auf den nächsten Bus zum Hauptbahnhof mussten wir nicht lange warten. Dort angekommen blieb ich bei unserem Gepäck, während Steffen sich am Schalter nach Verbindungen nach Hamburg erkundigte. Es dauerte nicht lange bis er freudestrahlend zurück kam.
„Und?"
„Ja! Es geht heute noch einer nach Hamburg. Und wir müssen nur einmal umsteigen!"
Der erste Teil der Reise war damit gesichert.
„Hast du die Karten gleich mitgenommen?"
„Und sogar noch Geld übrig!"
Wir hatten zuvor alles zusammengelegt, was wir in den letzten zwei Jahren so gespart hatten. Es waren immerhin fast 200 DM, für uns damals eine Menge Geld. Damit konnten wir nun die Fahrkarten nach Hamburg und ein wenig Verpflegung für unterwegs kaufen.
„Wann geht unser Zug?"
„In einer halben Stunde."
„Gut. Dann werde ich vorher noch meine Eltern anrufen!"
„Und was wirst du Ihnen sagen?"
„Na, was wohl? Dass wir entführt worden sind, wie abgemacht."
„Das willst du wirklich sagen?"
„Hast du vielleicht eine bessere Idee?"
„Nein."

„Na, also."
„Es ist nur: Ich weiß nicht wie meine Eltern darauf reagieren werden. Was ist, wenn sie sofort die Polizei anrufen und die sich auf die Suche nach uns machen?"
„Aber irgendwas müssen wir doch schließlich sagen."
„Ich weiß. Aber gleich mit Entführung zu kommen ist vielleicht doch ein bisschen hart."
Doch schließlich warf auch Steffen alle Bedenken über Bord und stimmte zu. Wir vereinbarten, dass ich nur meine Eltern anrufen und Ihnen den Bären von der Entführung aufbinden sollte. Seine Eltern sollten es dann von meinen erfahren. Also schlenderte ich möglichst unauffällig zur nächsten Telefonzelle. Aber als ich die Groschen eingeworfen und die Nummer gewählt hatte, beschlich mich ein ganz ungutes Gefühl.
„Mama."
„Ja, Manuel, wo bist du denn?"
„Wir sind entführt worden, Steffen und ich. Bitte sucht nicht nach uns und vor allem: Keine Polizei! Wir müssen alles machen, was sie sagen!"
Und damit legte ich auf. Ich hatte keine Ahnung, ob meine Mutter mir die Geschichte abkaufte oder nicht. Auf jeden Fall war mir dabei äußerst unwohl. Heute gehe ich soweit, zu sagen, dass ich mich zeitlebens für dieses Telefonat schäme. Ja, ich schäme mich bitterlich, meine Mutter so gemein angelogen zu haben.
Aber jetzt gab es kein zurück mehr. Schließlich wollten wir in die weite Welt. Steffen erwartete mich schon äußerst ungeduldig.

„Und?"
„Na, ich habe gesagt, dass wir entführt worden sind, wie besprochen."
„Und wie haben sie reagiert?"
„Meine Mutter war dran. Sie hatte allerdings nicht besonders viel Zeit zu reden. Habe nur gesagt ‚keine Polizei' und danach sofort wieder aufgelegt."
„Gut! Wir haben noch ein paar Minuten, bis unser Zug geht."
Während Steffen das sagte, griff er in seine Tasche und kramte eine Packung Zigaretten hervor.
„Möchtest du auch eine?", fragte er, während er sich genüsslich eine Camel ansteckte.
Rauchen? Ich hatte doch noch nie geraucht. Wieso sollte ich jetzt damit anfangen? Und dann ausgerechnet Camel. Wenn es wenigstens noch Marlboro wäre, dachte ich bei mir. Noch ein Jahr zuvor hätte ich sofort abgewinkt, ohne auch nur eine Sekunde mit der Wimper zu zucken. Damals verstand ich nicht, wie man überhaupt jemals auf die Idee kommen könnte, zu rauchen. Wieso überlegte ich in diesem Augenblick zum ersten Mal ernsthaft, es doch einmal auszuprobieren? Anstatt mir die Frage zu beantworten, griff ich einfach zu.
„Seit wann rauchst du Camel?" fragte ich neugierig.
„Wieso nicht? Ist doch die Marke der Abenteuer!"
„Ach, du meinst wegen der Werbung?"
„Klar! Ist doch geil oder nicht?"
Also steckte ich mir die Camel in den Mund und nahm die Streichholzschachtel in die Hand. Wie selbstverständlich, so als ob ich nie etwas anderes gemacht hätte, zündete ich die Zigarette an und nahm einen ersten Lungenzug. Dabei versuchte ich natür-

lich genau so cool auszusehen, wir der Typ in der Camel-Kinowerbung. Doch so viel Mühe ich mir auch gab, ich vermochte den Geschmack von Freiheit und Abenteuer nicht wirklich zu erkennen. Dennoch versuchte ich wenigstens so zu tun, als ob.
Es war die erste Zigarette meines Lebens. Vermutlich werde ich diesen Moment genauso in Erinnerung behalten, wie meinen ersten Kuss. Ich weiß es nicht. Insgesamt habe ich wenig geraucht, zumindest verglichen mit einem starken Raucher wie Steffen. Die einzige Phase, in der ich ein bisschen mehr rauchte, waren die ersten Semester meines Studiums. Doch auch diesen geringen Tabakkonsum stellte ich wieder ein, als es auf das Examen zuging. Nie habe ich Drogen oder andere Sachen ausprobiert. Wenn man heute jemandem erzählt, dass man nie nach Amsterdam zum Kiffen gefahren ist, wird man ja teilweise angesehen, als hätte man eine schlimme Krankheit und nur noch wenige Wochen zu leben. So sehr wird einem der Eindruck vermittelt, dass diese Erfahrung doch zum „Jungsein" dazugehöre. Damals jedenfalls war ich gerade ausgerissen - und warum sollte man da nicht auch mal eine rauchen? Wahrscheinlich war der einzige Grund die Zigarette zu nehmen, dass ich sicher sein wollte, nicht vielleicht doch etwas zu verpassen.
Ich stand am Bahnsteig und trat von einem Bein aufs andere. Wer mich beobachtete, musste zwangsläufig zu der Auffassung gelangen, dass ich eine Blasenentzündung hatte und dringend zur Toilette musste. Steffen schien weit weniger aufgeregt.
Endlich, die Lautsprecheransage am Bahnsteig kündigte die Einfahrt unseres Zuges an. Ich warf den Zi-

garettenstummel auf die Erde und trat ihn aus. Steffen löschte ebenfalls seine Zigarette. Ohne uns noch einmal umzusehen, stiegen wir ein.
Zunächst waren wir ganz alleine. Später, nachdem wir umgestiegen waren, teilten wir uns das Abteil mit zwei Studenten.
Steffen und ich saßen uns gegenüber und spielten Schach, um uns die Zeit ein wenig zu vertreiben. Allerdings verging uns daran ziemlich schnell die Lust. Wahrscheinlich waren wir einfach zu nervös. Unseren Mitreisenden schien das auch aufzufallen. Natürlich sollte niemand mitkriegen, dass wir abgehauen waren. Also sprachen wir auch nicht darüber. Das aber führte schließlich dazu, dass wir uns einfach nur anstarrten. Endlich beschloss ich, das Schweigen zu brechen und Kontakt mit unseren Mitreisenden aufzunehmen.
„Fahrt ihr auch nach Hamburg?", fragte ich neugierig.
„Nein, nur bis Göttingen!"
Die junge Frau, die unmittelbar neben mir saß, mochte vielleicht zweiundzwanzig sein. Sie war mittelgroß, relativ kräftig gebaut und hatte schulterlanges, dunkles, gelocktes Haar. Sie hieß Cornelia und war mir auf Anhieb sympathisch. Sie reiste in Begleitung ihres Freundes. Er war ein wenig älter als sie, schlank und hatte einen schwarzen Vollbart. Außerdem war er starker Raucher, so dass er ständig zwischen unserem Abteil und dem Vorraum pendeln musste, weil wir in einem Nichtraucherabteil saßen.
Wir kamen ziemlich schnell ins Gespräch mit ihnen und unterhielten uns über alle möglichen Themen. So erfuhren wir, dass sie beide in Göttingen Chemie

studierten und nun auf dem Weg zurück zu ihrer Studenten-WG waren. Wahrheitswidrig erzählten wir ihnen, dass wir in Hamburg unsere Oma besuchen wollten.

Je länger wir uns mit den beiden Studenten unterhielten, umso mehr wurde mir bewusst, was wir angerichtet hatten und mit einem Mal verspürte ich den Wunsch, alles rückgängig zu machen. Ich beschloss kurzer Hand, mich Cornelia anzuvertrauen.

„Ich will ehrlich sein. Wir sind von zuhause abgehauen!"

„Ach, Leute! Was macht ihr für Sachen?"

Zwar spürte ich, dass es Steffen äußerst unangenehm war, unser Geheimnis preiszugeben, aber ich musste es einfach jemandem erzählen, um mich zu erleichtern.

„Ich weiß auch nicht. Wir hatten keine Lust mehr auf die Schule und wollten was erleben. Etwas richtig Aufregendes!"

„Und wo wollt ihr hin?"

„Nach Amerika."

„Und wie?"

„Von Hamburg aus mit einem Schiff!"

„Und ihr stellt euch das so einfach vor?", fragte Cornelia mit einem Kopfschütteln.

„Ihr würdet vermutlich schon am Hafen festgenommen, weil ihr kein Visum habt. Außerdem ist illegaler Aufenthalt in USA strafbar. Aber selbst wenn ihr es bis 'rüber schaffen würdet, wovon wollt ihr leben? Ihr könnt ja nicht einmal jemanden nach einem Job fragen, denn sobald euch einer verpfeift, seid ihr dran! Habt ihr euch darüber überhaupt keine Gedanken gemacht?"

Nun schaltete sich ihr Freund Andreas ein: „Ich an eurer Stelle würde so schnell wie möglich die Eltern anrufen und sagen, dass ihr wieder zurückkommt."
„Aber er hat doch schon gesagt, dass wir entführt worden sind", wandte Steffen ein.
„Wie bitte? Ihr habt was gemacht? Also bis heute wollte ich eigentlich immer Kinder haben, aber bei so was hört der Spaß nun wirklich auf!"
Ich hatte Andreas bis dahin als sehr ruhig und besonnen empfunden, aber die Entführungsgeschichte schien ihn sichtlich aus der Fassung zu bringen.
„Tut mir einen Gefallen und vergesst das Ganze. Ihr macht euch unglücklich!" Er sagte dies höflich, aber bestimmt und schien das Thema damit abschließen zu wollen. Obwohl ich mich darüber ärgerte, hatte ich irgendwie das Gefühl, dass er Recht hatte und uns nur helfen wollte. Gleichzeitig überkam mich erneut mein schlechtes Gewissen und ich spielte mit dem Gedanken auszusteigen. Der nächste Halt war Göttingen.
„Steffen, ich will mal kurz nach draußen, kommst du mit?"
Ich hatte kaum den Griff zur Abteiltür in der Hand, als Steffen mir stillschweigend folgte. Ich denke, er wusste, was ich sagen würde.
„Meinst du nicht, wir sollten es uns vielleicht noch mal überlegen?", begann ich.
„Nein, ich bin dafür, wir ziehen das jetzt durch, so wie besprochen!"
„Aber vielleicht haben die beiden doch Recht. Was wenn es wirklich so schwer ist, eine Aufenthaltserlaubnis zu bekommen?"

„Jedenfalls habe ich keine Lust mehr auf zuhause!", wich er der Frage aus.
Einen Augenblick wurde ich wieder schwankend.
„Hab ich ja auch nicht. Aber ich werde nicht bis Hamburg fahren!", sagte ich entschlossen.
„Wohin willst du denn dann?"
„Ich steige mit den Studenten in Göttingen aus!"
„Was, wieso das denn? Das finde ich jetzt nicht okay von dir! Du gibst unseren Plan einfach so auf."
„Ich steig' jedenfalls aus. Mir ist das Ganze zu unsicher!"
Ich wusste, dass wir in Kürze Göttingen erreichen würden. Mir blieb also nicht mehr viel Zeit, um meine Mitreisenden zu fragen. Folglich ging ich zurück ins Abteil und fragte sie einfach.
„Kann ich mit euch mitkommen und bei euch bleiben, nur für heute Nacht?"
„Klar könnt ihr bei uns pennen! Aber unter einer Bedingung. Ihr ruft sofort eure Eltern an und sagt wo ihr seid, abgemacht?"
„Muss das sein?"
„Andernfalls können wir euch nicht mitnehmen. Stell dir mal vor, die haben eine Fangschaltung, dann verhaften die uns am Ende noch als die mutmaßlichen Entführer!"
Dabei musste er selbst schmunzeln. Mir allerdings war alles andere als zum Schmunzeln zumute, bei dem Gedanken meinen Eltern zu beichten, dass die Geschichte mit der Entführung erfunden war. Aber ich stimmte schließlich zu.
„In wenigen Minuten erreichen wir Göttingen Hauptbahnhof", ertönte es aus dem Lautsprecher.

Und noch bevor die letzte Silbe der Durchsage verklungen war, stieß Steffen zu uns.
„Ich hab' s mir überlegt. Ich komme doch mit!"
Also stiegen wir zu viert aus, und ich war froh darüber. Vom Bahnhof waren es nur wenige Minuten zur WG, in der Cornelia und Andreas wohnten. Es war inzwischen recht spät geworden. Dennoch war in der Wohnküche noch reichlich Leben. Es war eben eine typische Studenten-WG. Nachdem Cornelia uns den anderen vorgestellt hatte, nahm sie mich beiseite und zeigte auf das Telefon:
„So, nun ruft bitte an und sagt euren Eltern die Wahrheit!"
Mir blieb nichts anderes übrig, schließlich hatte ich es versprochen. Also wählte ich die Nummer und erzählte alles.
„Wir kommen morgen mit dem Zug zurück! Die Studenten bringen uns zum Bahnhof", beendete ich das Telefonat.
„Na, das wird zuhause reichlich Ärger geben!", empfing mich Steffen und mir war klar, dass er Recht hatte.
Am nächsten Morgen erwachte ich bereits sehr früh. Die Angst davor, meinen Eltern zu begegnen hatte mir einen sehr unruhigen Schlaf beschert. Steffen war ähnlich nervös wie ich. Wir frühstückten zunächst mit den Studenten, bevor Cornelia uns dann zum Bahnhof brachte. Freundlicher Weise lieh sie uns noch etwas Geld, da der Rest unseres Gesparten für die Rückfahrkarte nicht mehr ganz ausgereicht hätte.

„Vielen Dank nochmals für deine Hilfe. Wir werden es dir so bald wie möglich zurück zahlen", sagte ich zum Abschied.
„Macht euch darüber nur keine Gedanken! Ihr müsst jetzt erstmal schauen, dass ihr mit euren Eltern klarkommt. Macht's gut, ihr beiden, und gute Reise!"
Mit einem etwas mulmigen Gefühl stiegen Steffen und ich in den Zug. Wir setzten uns diesmal ins Raucherabteil. Steffen hatte sich unterwegs eine Packung Camel gezogen und wollte seinem Laster frönen. Da wir einige Stunden Zugfahrt vor uns hatten, holte Steffen wie auf der Hinfahrt sein Schachspiel heraus, wodurch wir uns die Zeit ein bisschen vertrieben. Plötzlich sah er mitten im Spiel auf:
„Ich gehe nicht nach Hause!"
„Was soll das heißen?"
„Ich habe einfach zu viel Angst! Mein Vater flippt total aus. Ich weiß nicht, was der mit mir macht, wenn ich nach Hause komme."
Er sagte dies so bestimmt, dass ich keine Möglichkeit sah, ihn vom Gegenteil zu überzeugen. Also versuchte ich es gar nicht erst.
„Und wo willst du dann hin?", fragte ich naiv.
„Weiß nicht genau. Denke, ich steige in Frankfurt aus. Das ist eine große Stadt mit sehr vielen Möglichkeiten!"
Steffen meinte es wirklich ernst. Er hatte panische Angst davor, nach Hause zu kommen. Er stieg schließlich in Frankfurt aus. Es war das letzte Mal, dass ich ihn sah. Ich habe nie wieder etwas von ihm gehört.
Nach Steffens Ausstieg bleib ich den Rest der Fahrt alleine in meinem Abteil. Dadurch kam ich natürlich

noch mehr ins Grübeln. Mit jedem Kilometer, den ich gen Heimat fuhr, wurde meine Angst vor dem Donnerwetter meiner Eltern größer. Und wie sich bald zeigen sollte, war diese Angst durchaus berechtigt. Aber schließlich hatte ich es ja nicht anders verdient.
„Wir sind sehr, sehr enttäuscht von dir!", war das Einzige, das ich die erste Zeit zu hören bekam. Nachdem meine Eltern mich vom Bahnhof abgeholt und mir auf dem Weg nach Hause kräftig „die Leviten gelesen" hatten, zog ich mich erst mal in mein Zimmer zurück und legte mich auf mein Bett. Die letzten beiden Tage liefen wie ein Film vor meinen Augen ab und mir wurde klar, wie unmöglich wir uns verhalten hatten. Doch es half nichts. Ich konnte das Vergangene nicht ungeschehen machen. In der folgenden Nacht konnte ich nicht einschlafen. Immer und immer wieder wälzte ich mich von einer Seite auf die andere. Schließlich schaltete ich das Licht ein und sprang auf die Füße. Es dauerte keine fünf Minuten bis ich meine Bibel gefunden und mich damit wieder ins Bett gelegt hatte. Gab es nicht das Gleichnis vom verlorenen Sohn? Hastig suchte ich im Inhaltsverzeichnis nach der Geschichte von dem Jungen, der seine Familie verlassen hatte, um in der Fremde sein Glück zu finden. Er kam genauso wie ich reumütig zurück, nur dass er keine Entführung vorgetäuscht hatte. Ich las die Geschichte wieder und wieder bis ich irgendwann einschlief.
Nach dieser „Aktion" konnte ich meine „Einweisung" ins Internat nun wirklich nicht mehr verhindern. Vorher hätte ich mich mit Händen und Füßen dagegen gewehrt. Aber jetzt war mir klar, dass es

aussichtslos war. Bereits am nächsten Morgen begann ich, die Sache etwas differenzierter zu sehen und versuchte, ihr etwas Positives abzugewinnen. Aber natürlich fürchtete ich mich auch vor der Ungewissheit des Neuen.

Meine Mutter malte das Leben auf dem Internat natürlich in den schönsten Farben. Endlich richtige Freunde, den ganzen Tag mit gleichaltrigen Jungen zusammen und die Chance, richtig gefördert zu werden. Das Einzige, was noch fehlte, war ein Hinweis auf die Jugendromane über Internatsschüler, bei denen von morgens bis abends Party war. Aber egal. „Redet ihr mal", dachte ich still bei mir und begann mich langsam mit dem Gedanken anzufreunden, bald nicht mehr auf die ungeliebte Schule zu müssen. Außerdem sollte ja bis dahin auch noch ein bisschen Zeit vergehen. Denn schließlich war der Wechsel erst zum neuen Schuljahr nach den Sommerferien möglich. Ich beschloss, die Zeit bis dahin in vollen Zügen zu genießen und mir gegenüber meinen Mitschülern zunächst noch nichts anmerken zu lassen. Schließlich sollten sie nicht gleich wissen, dass mich meine Noten nicht mehr tangierten.

Internat

Die Zeit bis zu den Sommerferien verging wie im Flug. Inzwischen war ich richtig erleichtert und freute mich sogar ein wenig auf das neue „Abenteuer" Internat. Ich wusste, ich würde alles hinter mir lassen und verband damit die Hoffnung, irgendwie noch mal neu anzufangen.
Als der Tag dann da war, hatte ich allerdings überhaupt keine Lust mehr. Es war das letzte Augustwochenende. Ich schlief sehr lange an jenem Morgen. Ich stehe einfach nicht auf, ich stelle mich krank, dachte ich mir. Aber im nächsten Moment wurde mir klar, dass mir das auch nichts helfen würde. Meine Eltern waren viel zu ausgeschlafen, als dass sie sich so einfach von mir austricksen ließen. Und weggelaufen war ich schließlich auch schon einmal. Also konnte dies auch keine Lösung sein. Daher zog ich mich einfach an und ging zum Frühstück hinunter. Es war ein sehr heißer Sommertag. Ich trug nur meine verwaschene Lieblingsjeans und ein weißes T-Shirt, keine Socken. Ohne eine Wort zu sagen setzte ich mich zu meinen Eltern an den Tisch.
„Guten Morgen, Manuel! Möchtest du eine Tasse Tee oder Kakao?", wurde ich wie üblich von meiner Mutter empfangen.
„Nein! Ich trinke heute Kaffee!"
Damit hatte meine Mutter wohl nicht gerechnet. Es war das erste Mal, dass ich wie selbstverständlich davon ausging, dass es ganz normal sei, als Dreizehnjähriger Kaffee zu trinken. Meine Mutter hatte mich lange genug damit genervt, immer Tee oder heiße

Schokolade trinken zu müssen. Ich rechnete daher fest damit, dass sie wieder „auf Erziehung machen" und mir keinen Kaffee eingießen würde. Doch ich wurde sogleich eines Besseren belehrt.

„Na schön, ich wollte sowieso gerade frischen Kaffee aufsetzen."

Ich glaube meinen Ohren nicht zu trauen. Was war passiert? Meine Mutter gewährte mir Sonderrechte, weil ich heute ins Internat „abgeschoben" wurde? Oder hatte sie sich einfach nur darauf besonnen, dass andere Dreizehnjährige auch schon Kaffee tranken? Ist auch egal, dachte ich. Auf jeden Fall sollte sie spüren, dass ich mir nicht alles gefallen ließ, nur weil ich mich mit dem Internat abgefunden hatte. Auf der anderen Seite: Weshalb sollte sie nicht auch mal ein Auge zudrücken - besonders wenn es am Tag unseres letzten gemeinsamen Frühstücks war.

Eine halbe Stunde nach dem Frühstück fuhren wir los. Zu allem Überfluss gerieten wir auch noch in einen Stau. Ich versuchte mir die Zeit dadurch zu vertreiben, dass ich von allen Autos die Kennzeichen zu erraten versuchte. Eine Weile klappte das ganz gut. Allerdings war ich geschockt darüber, wie wenige Kennzeichen ich kannte. Glücklicher Weise hatte mein Vater einen Autoatlas dabei, sodass ich alle mir nicht bekannten Kennzeichen nachschlagen konnte. Aber schließlich wurde auch dieses Spiel langweilig, sodass ich nur noch aus dem Fenster starrte und dabei irgendwann einschlief.

Als ich wieder erwachte, waren wir fast am Ziel. Auf den ersten Blick wirkte das Internat eher wie ein Landschulheim. Das Hauptgebäude, ein ehemaliges Landgut aus dem 19. Jahrhundert mit einer großen, von Bäumen umstandenen Einfahrt, war umgeben von einigen Neubauten, die dazu nicht recht passen wollten. Begeistert war ich auf Anhieb von der Umgebung. Grün, soweit das Auge reichte und an Sportanlagen so ziemlich alles, was das Herz begehrt. Fußball-, Tennis-, Basketballfelder, eine Sporthalle und zu meiner großen Freude sogar ein internatseigenes Schwimmbad. Dennoch fühlte ich mich fremd. Meine Blicke schweiften umher. Die Umgebung wirkte auf mich irgendwie einladend und abstoßend zugleich. Ich konnte meine Gedanken nicht ordnen.

Meine Eltern hatten mir zuvor erzählt, dass sie das Internat insbesondere deshalb ausgesucht hatten, weil so viel Wert auf Sport und Fremdsprachen gelegt wurde.

Ich zog mir die Schuhe an, nahm meine Jacke in die Hand und stieg aus dem Wagen aus. Keine zwei Minuten später wurden wir dann auch schon freundlich vom „Empfangskomitee" willkommen geheißen. Ein jung gebliebener Mittdreißiger, Marke „Berufsjugendlicher", dem man seine Faszination für Pädagogik schon von weitem ansah, brachte uns zum Zimmer des leitenden Direktors. Herr Dr. Wenger, vielleicht fünfzigjährig, grauhaarig und sehr vornehm, begrüßte uns sogleich und verlieh seiner Freude über unser Kommen Ausdruck.

„Schön, dass du da bist, Manuel, du wirst sehen, dass du hier sehr schnell Freunde findest. Bei uns wird nicht nur die individuelle Förderung, sondern auch aktive Freizeitgestaltung groß geschrieben."

Besonders erfreut zeigte er sich über mein Interesse an Fremdsprachen.

„Wir haben Partnerschaften mit Internaten in England, Frankreich und den USA, mit denen ein regelmäßiger Austausch stattfindet", hob er hervor. Individuelle Förderung, nicht nur in den Fremdsprachen, sondern auch in Deutsch und Mathematik. Konkret bedeutete dies, Klassen mit maximal zwölf Schülern. Jedem Schüler mit Schwächen in einem bestimmten Fach, so sagte er, würde ein Betreuer aus der Oberstufe zur Seite gestellt. Ich war beeindruckt von so viel Perfektionismus. Allerdings machte mir das System auch ein wenig Angst, weil es sich nach sehr viel Arbeit anhörte.

Nach einer ausführlichen Unterhaltung über meine bisherige Schule sowie meine Hobbys und sonstige Interessen kam er noch auf die exzellente medizinische Betreuung zu sprechen. Man sei besonders stolz auf die Tatsache, dass für die Schüler Tag und Nacht eine Krankenschwester zur Verfügung stehe. Außerdem arbeite das Internat mit einer Kinderärztin aus dem nahe gelegenen Klinikum zusammen, sodass ärztliche Hilfe innerhalb kürzester Zeit verfügbar sei. Nachdem meine Mutter noch ausführlich meine Kinderkrankheiten erörtert und sich auch zum Thema Allergien geäußert hatte, folgte die obligatorische Führung durch das gesamte Anwesen. Danach hieß es, meinen Eltern endgültig tschüss zu sagen.

Natürlich vergaß Herr Direktor nicht, bei der Verabschiedung nochmals hervorzuheben, dass der Erziehungsauftrag nicht etwa anstelle der Erziehungsberechtigten, sondern gemeinsam mit ihnen ausgeübt werde. Aus diesem Grund seien auch regelmäßig Wochenenden für die Heimfahrt reserviert. Überwiegend seien allerdings Aktivitäten mit den Mitschülern angesagt. Natürlich gebe es auch Wochenendbetreuungen für die Schüler mit sehr weiter Anreise, bei denen sich die Heimfahrt nicht lohne.

Beim Abschied dachte ich daran, dass ich über kurz oder lang sicher bald Heimweh bekäme, Aber dann versuchte ich mich damit zu trösten, dass es meinen Mitschülern genauso ging. Zudem hätte ich auch auf meine alte Schule nicht zurück gewollt. Kurzum, ich beschloss, meine neue Herausforderung anzunehmen und versuchte das Beste aus der Situation zu machen.

Der Eingangscheck

Die ersten zwei Tage verliefen recht unspektakulär. Ich versuchte mich mit den neuen Örtlichkeiten vertraut zu machen, allerdings ohne mich heimisch zu fühlen. Dann standen für mich und die übrigen neuen Schüler die Eingangsformalitäten an. Jeder bekam ein Willkommenspaket, das einen „Laufzettel" enthielt, der Punkt für Punkt abgearbeitet werden musste. Als erstes sollten wir uns bei Frau Holst melden. Sie war für das Aushändigen der Bettwäsche zuständig und brachte uns anschließend in die verschiedenen, nach Mädchen und Jungen getrennten Wohnbereiche, die in Zwei- und Dreibettzimmer aufgeteilt waren. Mein Zimmer teilte ich mir mit David, einem aus Berlin stammenden Jungen, der ebenfalls neu war. Nachdem wir unsere Sachen ausgepackt und das Wichtigste erledigt hatten, beschlossen wir, den Tag mit einem Tennismatch ausklingen zu lassen. David hatte einen sehr harten Aufschlag aber ansonsten fühlte ich mich ihm ebenbürtig, sodass wir herrlich lange Ballwechsel spielen konnten.
Als wir uns nach dem Spiel zum Duschen auszogen, bot sich mir ein Anblick, den ich bis zum heutigen Tag nicht vergessen habe. Zum ersten Mal in meinem Leben sah ich eine nackte Eichel. Ich erschrak, aber versuchte mir nichts anmerken zu lassen. Die ganze Zeit, während ich unter der Dusche stand, beschäftigte mich der Gedanke, wieso ihm diese Haut am Penis fehlte. Bisher hatten alle Jungen die ich nackt unter der Dusche gesehen hatte, ihre Eichel bedeckt getragen. Nie zuvor hatte ich jemanden ge-

kannt, der beschnitten war. Sofort dachte ich an das wunderschöne Gefühl, das ich beim Zurückziehen der Haut empfand. Wie musste es für David sein, dieses Gefühl nicht zu haben? Diese und ähnliche Fragen beschäftigten mich noch bis spät am Abend, aber ich konnte keine Antworten finden. Niemals hätte ich mich getraut, David darauf anzusprechen. Es ärgerte mich, von meinen Eltern offensichtlich so schlecht aufgeklärt worden zu sein, dass ich meine Fragen gar nicht recht in Worte hätte fassen können, weil mir Begriffe wie Vorhaut und Beschneidung damals nicht geläufig waren. Also versuchte ich nicht weiter darüber nachzudenken.

Um 21.30 Uhr hieß es dann Zähne putzen, Pipi machen (so hieß das wirklich!) und ab ins Bett. So schlief ich an diesem Abend ein, ohne freilich zu ahnen, dass das Thema nur einen Tag später neue Aktualität für mich gewinnen würde.

Am nächsten Morgen kam der „Weckdienst", den Internatsregeln entsprechend um 6.30 Uhr. Nach dem Duschen und einem gemeinsamen Frühstück sollte ich mich zunächst zum „Eingangscheck" beim Schularzt vorstellen. Im Internat war es üblich, dass alle Schüler einmal jährlich untersucht wurden. Neulinge mussten gleich zu Beginn zur Untersuchung, um bereits bestehende Krankheiten abzuklären und so das Internat abzusichern. Mir grauste es vor solchen Untersuchungen. Zu oft musste ich das schon über mich ergehen lassen: Im Kindergarten, in der Grundschule und bei unserer Kinderärztin zuhause. Aber schließlich musste ich da durch, so wie alle anderen auch, und so schlich ich dann wenig begeistert zum Internatskrankenzimmer im Hauptgebäude.

Kaum angekommen, wurde ich von der Krankenschwester harsch in Empfang genommen: „Fischer, Manuel!!!"
„Hiiieeer", brachte ich stotternd hervor.
„Hallo, ich bin Schwester Marion. Dr. Cooper wird auch gleich kommen. Du kannst dich schon mal ausziehen!"
„Ganz?"
„Ja, ganz ausziehen! Deine Sachen kannst du auf den da Stuhl legen. Die Unterhose darfst du anbehalten, aber sonst alles ausziehen, damit Frau Doktor dich richtig untersuchen kann!"
Aha, der Internatsarzt war also eine Ärztin. Warum hatte sie einen englischen Namen? Noch bevor ich den Gedanken zu Ende denken konnte, bekam ich einen „Pipibecher" in die Hand gedrückt.
„Vorhaut bitte ganz zurück!", lautete die Order.
Warum musste ich mich erst ausziehen und wurde, nur mit einem Slip bekleidet, zum Pipimachen geschickt? Aber bitte, ich war es ja gewohnt, keine überflüssigen Fragen zu stellen. Also gehorchte ich einfach, begab mich zur Toilette und war heilfroh, überhaupt ein paar Tröpfchen hervorgebracht zu haben. Dann kehrte ich in den Untersuchungsraum zurück und wartete auf die Ärztin. Eine geschlagene Viertelstunde später, barfuß auf den kalten Fließen war mir schon richtig kalt an den Füßen, hatte das Warten ein Ende. Die Tür wurde aufgerissen und eine schlanke Frau um die Vierzig stand vor mir. Sie war leger gekleidet. Ihre rotblonden Haare hatte sie zu einem Zopf zusammengebunden. Die nackten Füße steckten in weißen Birkenstock-Schuhen. Ihr weicher Teint passte zu ihrer zierlichen Figur, konnte

die kalten Augen aber bei weitem nicht kompensieren. Sie begrüßte mich herzlich, dennoch mit einem Hauch von gequälter Fröhlichkeit.

„Habt ihr in deiner vorherigen Schule über das Thema Sexualität und Verhütung gesprochen?", lautete ihre Eingangsfrage.

Nachdem ich bejaht hatte, fragte sie mich nach Kinderkrankheiten und ließ sich meinen Impfpass zeigen. Danach wurde ich gemessen und musste mich auf die Waage stellen. Die Tatsache, dass ich untergewichtig war, schien sie nicht sonderlich zu interessieren.

„Sind die Mandeln noch drin?", fragte sie, in meinen Mund schauend.

„Ja."

Dann waren meine Füße an der Reihe.

„Füße zusammen und da hinstellen! Sag mal, trägst du Einlagen?"

„Früher hatte ich welche!", beeilte ich mich zu sagen.

„Du hast ja richtige Knickfüße! Versuch's doch einfach mal mit barfuß Laufen! Nichts ist so gesund für die Füße im Sommer!"

„Aber das tue ich doch!", antwortete ich wahrheitsgemäß.

Schließlich trug ich im Sommer, wenn ich draußen spielte, nie Schuhe. Ich war schon reichlich genervt, aber es sollte noch schlimmer kommen. Schon glaubte ich, alles überstanden zu haben, als sie plötzlich meinen Slip herunter zog.

„Nicht erschrecken! Ich muss nur kurz schauen, ob hier auch alles okay ist", begründete sie ihren Griff in meinen Schritt.

Natürlich erschrak ich trotzdem, und zwar so sehr, dass ich überhaupt kein Wort mehr heraus brachte. Also ließ ich das Ganze einfach über mich ergehen.
„Zuerst muss ich deine Hoden untersuchen."
Nachdem sie meine beiden „Teile" ausgiebig abgetastet hatte, zog sie ohne weitere Vorwarnung meine Vorhaut zurück, was ihr allerdings nur zu Dreivierteln gelang.
„Die Vorhaut muss aber ganz zurückgehen!", sagte sie streng.
Beschämt blickte ich zu Boden.
„Haben deine Eltern nicht darauf geachtet?" fragte sie in nicht minder vorwurfsvollen Ton.
„Doch, ich habe mich immer ordentlich gewaschen."
„Das ist aber zu eng bei dir!
Beschämt schwieg ich. Ich verstand überhaupt nicht, weshalb die Ärztin so ein Problem daraus machte. Schließlich hatte ich in der Vergangenheit nie irgendwelche Probleme mit der Intimhygiene oder Ähnliches.
„Das ist aber überhaupt nicht schlimm", versuchte sie mich zu trösten, als sie meine Scham erkannte.
„Du hast nur eine Vorhautverengung. Das haben sehr viele Jungs! Und es lässt sich ganz leicht beheben. Du wirst sehen, danach hast du für immer deine Ruhe. Ich habe schon so viele Vorhautverengungen diagnostiziert, dass ich es mir nicht leisten kann, eine zu übersehen! Schwester Marion, tragen Sie bitte ein, dass eine Phimose vorliegt. Ich diktiere gleich einen Brief an die Eltern, dass eine Zirkumzision bei ihm erforderlich wird. Am besten, sie rufen gleich bei meinem Kollegen in der Klinik an und fragen, wann er einen Termin frei hat"

„Und was wird da mit mir gemacht?", fragte ich ängstlich.
„Nur ein kleiner Routineeingriff. Danach wirst du nie mehr Probleme haben!", lautete die Antwort.
„Vor der OP brauchst du wirklich keine Angst zu haben. Sie wird in Vollnarkose durchgeführt. Du spürst absolut nichts! In den USA werden allen Jungen gleich nach der Geburt von ihrer Vorhaut befreit."
„In den USA, wirklich?"
„Aber natürlich! Ich verstehe es auch nicht, aber wir sind da mal wieder zurück. Es scheint sich in diesem Land noch nicht herumgesprochen zu haben, wie vorteilhaft dieser winzig kleine Eingriff schon allein aus hygienischen Gründen ist."
Wie hätte ich es jetzt noch wagen können zu widersprechen?
Erst viel später erfuhr ich, dass die Kinderärztin mit einem Amerikaner verheiratet war und längere Zeit in den USA gelebt und gearbeitet hatte.
Erleichtert darüber, mich endlich wieder anziehen zu dürfen, machte ich mich davon. Mit einem ziemlich flauen Gefühl im Magen ging ich in meine Klasse zurück.
Ob David wohl Ähnliches erlebt hatte? Wie war bei ihm wohl die Eingangsuntersuchung verlaufen? Wegen seiner Vorhaut konnte er immerhin schon mal kein Problem gehabt haben, da er keine mehr hatte.
Da saß ich nun und irgendwie schämte ich mich. Schließlich hatte ich Plattfüße und eine Vorhautverengung, was vermutlich bedeuten würde, dass ich kaum eine Chance hatte, jemals eine Freundin zu finden. Zwar hatte meine Mutter mich stets angehalten,

43

mich immer ordentlich zu waschen und die „Haut zurückzuziehen". Aber warum hatte sie mir nicht gesagt, dass ich so außerhalb des Normalen lag, dass noch eine Operation fällig würde? Ich wollte meine Mutter sofort anzurufen, um mit ihr darüber zu sprechen. Leider konnte ich sie jedoch nicht erreichen. Ein paar Tage später hatte mich der Mut bereits wieder verlassen und ich verwarf den Gedanken, meine Mutter zu fragen. Das Ganze war mir zu peinlich. Also war ich wieder einmal allein mit meinen Fragen. Nachdem sie ein paar Tage später von der Internatsärztin schriftlich über das Ergebnis meiner Eingangsuntersuchung unterrichtet worden war, rief meine Mutter mich schließlich an:

„Vorhautentfernung. Na ja, aber das ist doch heutzutage ein Routineeingriff. Davor brauchst du keine Angst zu haben. Die Operation ist absoluter Standard und wird bei sehr vielen Jungs gemacht. Da musst du auch nur ganz kurz ins Krankenhaus!"

„Aber muss das denn überhaupt sein mit der Operation?"

„Du hast eine Vorhautverengung und wirst daher um diese Operation nicht herum kommen!", sagte sie bestimmt.

„Aber wieso hast du mir nicht gesagt, dass ich da noch operiert werden muss?"

„Weil das damals noch nicht so klar war. Deine Kinderärztin wollte dich als kleiner Junge nicht beschneiden, sondern abwarten bis zur Pubertät."

„Aber wieso denn jetzt unbedingt? Ich verstehe das nicht!"

"Weil du jetzt in die Pubertät kommst. Du bist dreizehn und ich denke, es jetzt der beste Zeitpunkt dafür."

Ich kannte meine Mutter gut genug, um zu wissen, dass es keinen Zweck hatte, sich weiter zu Wehr zu setzen oder eine nähere Erklärung zu erwarten. Zudem hatte ich damals den Eindruck, dass sie sich ein wenig über das Thema informiert hatte. Hätte ich gewusst, was ich heute weiß, so wäre mir freilich klar gewesen, dass sie nur das wiedergab, was man in Deutschland gemeinhin zum Thema Vorhaut und Beschneidung so zu hören bekommt. Wie konnte ich es ihr also verdenken?

Kinderurologie

Zwei Wochen später sollte ich dann bereits unters Messer. Morgens um acht meldete ich mich, streng nach Plan, bei Schwester Marion, die mich zum nahe gelegenen Klinikum begleitete. Der Fußweg dauerte etwa fünfzehn Minuten.
Das Klinikum war ein riesiger, unübersichtlicher Gebäudekomplex. An meinem Gesicht konnte man nicht unbedingt Angst, aber zumindest große Verunsicherung ablesen. Was würde genau mit mir passieren? Ich dachte die ganze Zeit an David. Würde mein Penis danach genauso aussehen? Gerade hatte ich das schöne Gefühl des Hin- und Herschiebens der Vorhaut entdeckt. Ob dieses Gefühl wohl erhalten bleiben würde? Aber natürlich! Schließlich war der Eingriff ja ganz und gar harmlos, versuchte ich mir sogleich Mut zu machen. Dies beteuerten jedenfalls alle. Aber stimmte es auch? Warum hatte ich mich bloß nicht getraut, David zu fragen. Jetzt war es zu spät.
„Mach' dir bloß keine Gedanken. Es ist nur eine winzige Kleinigkeit und in ein paar Tagen ist alles vergessen", versuchte Schwester Marion mich unterwegs zu beruhigen.
Die Kinderurologie befand sich im dritten Stock. Kaum waren wir aus dem Fahrstuhl gestiegen, hörten wir auch schon die Stimme der Stationsschwester. Sie entpuppte sich als aufgetakelte Blondine mittleren Alters:
„Da ist ja der junge Mann", rief sie uns entgegen, so als würde sie sich richtig freuen, mich zu sehen.

„Ich bin Schwester Judith. Du kommst zur Zirkumzision, richtig?"
„Ja", antwortete Schwester Marion an meiner Stelle.
„Dann darfst du gleich mit mir mitkommen".
„Die Einwilligung der Eltern liegt vor", ergänzte Schwester Marion entschieden, „Allergien gegen Narkosemittel sind keine bekannt. Frau Dr. Cooper, unsere Ärztin, hat bereits alles ausgefüllt."
„Sonst noch irgendetwas?", wollte Schwester Judith wissen.
„Nein, nur bitte darauf achten, dass es schön straff gemacht wird, Sie wissen schon, was ich meine!"
„Aber klar! Zirkumzision, vollständig, habe ich eingetragen."
Danach musste ich erst einmal die stationäre Aufnahme mit sämtlichen Voruntersuchungen hinter mich bringen. Gespräche mit dem Kinderchirurgen und dem Narkosearzt schlossen sich an. Schwester Marion fiel dabei die Aufgabe zu, die Einwilligung meiner Eltern zu versichern und die unterschriebenen Formulare vorzuzeigen.
„Schön, dann alles Gute und viel Glück!"
Mit diesen Worten verabschiedete sich meine Begleitung und überließ mich der Stationsschwester.
„Es sind heute sehr viele Jungs auf dieser Station. Und alle haben die gleiche OP wie du!", sagte Schwester Judith mit einem verhaltenen Lächeln. Meine Laune konnte das allerdings nicht verbessern. Ich wollte das Ganze einfach nur hinter mich bringen. Oder wollte ich eigentlich gar nicht? Jedenfalls hatte ich das klamme Gefühl, jetzt nicht mehr „aussteigen" zu können.

Kaum war ich in meinem Zimmer angekommen, bekam ich erneut Besuch von Schwester Judith.
„So, jetzt muss ich mir mal anschauen, ob ich dich schon rasieren muss!"
Was sollte das schon wieder bedeuten? Ich musste mich freimachen und bekam zu meinem Schrecken die Schamhaare abrasiert.
„Damit keine Haare in die Wunde gelangen können!", lautete die Begründung.
„Na bitte!", frohlockte sie, als sie ihre Arbeit vollbracht hatte, „jetzt bist du glatt wie ein Kinderpopo!"
In diesem Moment wäre ich am Liebsten im Boden versunken vor Scham. Schnell verhüllte ich die Stelle, wo der Rasierer „gewütet" hatte. Ich beschloss, in Zukunft vorsichtiger zu sein und mich nicht mehr so ohne Weiteres auf alles einzulassen. Hätte ich freilich damals gewusst, dass es ein Vierteljahrhundert später geradezu hip sein würde, über Intimrasuren im Krankenhaus zu schreiben - natürlich denke ich heute dabei mit einem leichten Schmunzeln an Charlotte Roche's Bestseller „Feuchtgebiete"- wäre ich sicher um Einiges lockerer gewesen.
Den Rest des Tages verbrachte ich mit Lesen. Ich hatte keine Lust mehr, irgendjemanden zu sehen oder zu sprechen. Mit einer Mischung aus Wut und Scham zog ich mich in mein „Schneckenhaus" zurück und schlief schließlich irgendwann ein.
Der nächste Morgen begann wie in jedem Krankenhaus viel zu früh. Schwester Judith weckte mich mit dem ihr eigenen Krankenschwesterncharme bereits um kurz nach sechs, um mit mir den Ablauf der OP durchzugehen. Nachdem ich das OP-Hemdchen an-

gezogen hatte, legte sie mir eine Tablette auf den Nachttisch.

„Mit etwas Flüssigkeit einnehmen und versuchen zu schlafen. Danach auf keinen Fall noch mal aufstehen!".

Danach weiß ich nur noch, dass ich im Unterbewusstsein einen Mann wahrnahm, der meine Hand ergriff und etwas von Narkose erzählte.

Als ich wieder zu mir kam, befand ich mich im Aufwachraum.

„Bin ich schon operiert?"

„Ich glaube, er wird wach!", hörte ich eine Stimme.

Kurz darauf wurde ich in mein Krankenzimmer geschoben, wo noch ein Junge lag. Er hieß Malte und war ebenfalls beschnitten worden.

„Haben sie dich auch abgeschnitten am Penis?"

„Ja."

„Mich auch. Scheiße, oder? Man fühlt sich, als würde man zum Mädchen gemacht."

„Wieso zum Mädchen?"

„Na, weil einem jetzt was fehlt da unten!"

Da ich nicht wusste, was ich darauf entgegnen sollte, sagte ich einfach gar nichts. Plötzlich stand Schwester Judith in unserem Zimmer, um nach uns frisch Operierten zu sehen. Ich nahm sie zwar noch nicht richtig war, kannte aber den Klang ihrer Stimme. Kurze Zeit später schlief ich erneut ein.

Als ich erwachte, fasste ich zum ersten Mal zwischen meine Beine und spürte den Verband. Was sollte so ein großer Verband für so eine kleine Wunde? Doch bevor ich mir die Frage beantworten konnte, stürmte erneut eine Schwester ins Zimmer. Sie verabreichte mir ein Fieberthermometer mit den Worten:

„Miss deine Temperatur, aber bitte rektal."
„Wie bitte?"
„Im Po!", rief sie im Hinauseilen genervt über die Schulter zurück.
Danach passierte die nächsten Stunden erst einmal gar nichts. Mich ärgerte, dass ich noch keinen Blick auf die Operationswunde werfen konnte. Meine Neugier gebot mir zwar, den Verband augenblicklich abzureißen und nachzusehen. Allein, es fehlte mir der Mut.
Am späten Nachmittag kam dann endlich eine Schwester, um den Verband zu wechseln. Es war das erste Mal, dass ich meinen „neuen Penis" sehen konnte. Doch als es soweit war, wäre ich am liebsten schreiend davon gelaufen. Erschrocken war ich nicht nur darüber, dass mein Teil in allen Farben des Regenbogens glänzte. Nein! Mein Gedanke war sofort, dass viel zu viel abgeschnitten worden war. Aber die Schwester war anderer Ansicht.
„Das sieht gut aus! Und es wird schnell verheilen. Die leichte Schwellung ist so kurz nach dem Eingriff ganz normal."
Das war alles, was ich dazu hörte. Und da ich immer noch sehr schamhaft war, hätte ich gar nicht gewagt, weitere Fragen zu stellen, geschweige denn, das Gesagte in Frage stellen. Also zog ich schnell die Decke wieder hoch und drehte mich demonstrativ um.
„Gegen die Schmerzen bringe ich dir gleich auch noch ein Zäpfchen!", sagte sie abschließend.
„Ist nicht nötig!", gab ich zurück, weil ich Zäpfchen nicht ausstehen konnte.
„Doch, du brauchst die Schmerzen nicht auszuhalten. Schließlich sollst du hier nicht leiden wie ein In-

dianer am Marterpfahl! Mit einem Zäpfchen schläfst du auch besser!"
Auch das noch. Ein paar Minuten später kam sie herein und lupfte die Bettdecke hoch. Dann spreizte sie meine Pobacken auseinander und führte das Zäpfchen in meinen Mastdarm ein. Wie sehr ich mich als Dreizehnjähriger dabei schämte, dass sich eine Krankenschwester an meinem After zu schaffen machte, bedarf keiner weiteren Kommentierung. Dennoch konnte ich zunächst nicht einschlafen. Ich wälzte mich von einer Seite auf die andere. Da beschloss ich, mir noch eine Flasche Wasser zu holen, weil ich nachts oft Durst bekam. Zwar hatte man mir verboten, nach dem Zäpfchen mein Bett allein zu verlassen, aber das war mir egal. Ich hatte Durst und wollte etwas trinken. Auf Zehenspitzen schlich ich auf den Flur hinaus. Es war schon recht spät, so dass auf den Gängen nicht mehr allzu viel los. Nur eine Nachtschwester und eine Frau mit einem Stethoskop um den Hals, vermutlich die Dienst habende Ärztin, unterhielten sich. Sie standen auf dem Flur, den ich auf dem Weg zur Teeküche überqueren musste. Ich musste also noch einen Moment warten und wurde so unfreiwillig Zeuge ihrer Unterhaltung. Die beiden Frauen schienen sich gut zu kennen, denn sie sprachen in sehr vertrautem Ton miteinander.
„Und wie viel Jungs haben wir auf der Station, die heute frisch operiert wurden, Barbara?", hörte ich die Frau mit dem Stethoskop fragen.
„Es sind acht"
„Na, das geht ja. Und alle zur Zirkumzision, oder auch andere Eingriffe?"

„Nein, sind alle beschnitten worden! Die Station ist vorhautfrei, sozusagen."
„Na, prima! So, wie es sein soll. Das klingt ja nach einem stressfreien Nachtdienst, oder gab es irgendwelche Komplikationen?"
„Nein, Komplikationen nicht, nur der Kleine in Zimmer sechs fängt immer wieder an zu schreien. Verstehe auch nicht, wieso. Seine Wunde sieht völlig okay aus und heilt gut."
„Einfach noch ein Beruhigungszäpfchen geben!"
„Das habe ich schon. War gar nicht so einfach. Er wollte mich nämlich gar nicht an seinen Po lassen. Auch der Mutter gelang es nicht, den Kleinen zu beruhigen. Wir mussten ihm beide Füße festschnallen, um das Zäpfchen einzuführen."
„Schrecklich, so aufmüpfige Kinder! Und das wegen so einem lächerlichen kleinen Schnitt. Also ich sage dir, wenn Männer die Kinder kriegen müssten, wäre die Menschheit längst ausgestorben!", lachte sie.
„Ja, da kannst du Recht haben."
„Ach Übrigens, du kennst doch Elke von der U 1."
„Ja, was ist mit ihr?"
„Die erzählte mir gestern auch so eine lustige Geschichte von ihrem Kleinen."
„Was denn für eine Geschichte?"
„Na ja, der Kleine war auch neulich mit Beschneiden dran. Ihr Mann ist doch Türke."
„Und?"
„Der Junge konnte sich zunächst auch nicht damit abfinden, dass er beschnitten werden sollte und hat versucht sich zu wehren. Er muss wohl richtig Theater gemacht haben. Bei den Türken wird es ja rituell gemacht, ohne Betäubung!"

„Also, das kann ich schon ein bisschen verstehen. Der ist auch schon größer, müsste ja bald in der Pubertät sein.
„Ja, deswegen fand die Familie ihres Mannes ja auch, dass es allerhöchste Zeit wird."
„Und warum hat sie den Kleinen nicht gleich nach der Geburt im Krankenhaus beschneiden lassen? Ich meine, das wäre doch viel einfacher gewesen. Sie ist schließlich Krankenschwester."
„Ja, sie sagt aber, sie hat es damals nicht übers Herz gebracht. Deswegen musste es jetzt sein!"
„Aber in dem Alter verstehen die Jungs ja schon richtig, was man mit ihnen anstellt. Da ist es schon verständlich, dass sie nicht mehr alles so ohne Weiteres mit sich machen lassen. Irgendwie ist das ja schon ein bisschen hart. Noch bevor sie ihre Geschlechtsteile richtig ausprobieren können, schneidet man ihnen da unten ein Stück ihres Lustempfindens so einfach weg."
„Ja schon, aber du darfst nicht vergessen, wie verhältnismäßig harmlos der Eingriff ist und wie groß die Vorteile! Ich finde, es wird bei uns viel zu viel Wind darum gemacht. In USA zum Beispiel ist eine Vorhautentfernung das Selbstverständlichste der Welt, schon alleine, um uns Frauen vor Gebärmutterhalskrebs zu schützen. Ich frage mich schon lange, wann sich diese Ansicht endlich auch bei uns durchsetzt."
„Würdest du denn wollen, dass dein Junge einfach so beschnitten wird?"
„Aber natürlich! Ginge es nach mir, würde ich die OP sofort standardmäßig einführen. In den USA werden Beschneidungen mittlerweile nicht mal mehr

in den Behandlungsunterlagen erwähnt, so selbstverständlich sind sie geworden. Ungefähr so selbstverständlich, wie man bei uns gegen Kinderlähmung impft."

„Im Ernst?"

„Na klar. Aber auch bei uns nehmen sie erfreulicher Weise zu. Meine beste Freundin berichtete mir neulich auch, dass sie so froh war, als ihre Jungs endlich beschnitten waren. Sie meinte, die Beschneidung hätte so positive Auswirkungen auf die Entwicklung ihrer Söhne. Sie hat nämlich drei wild pubertierende Jungs."

„Gleich drei von der Sorte! Oje, die Arme! Auf jeden Fall hat sie mein Mitgefühl!"

„Ja, und sie hatte ihre Liebe Not, weil die Junges immer frecher wurden. Die haben sich überhaupt nichts mehr sagen lassen, und wurden immer renitenter, bis sie sich endlich dazu durchringen konnte, sie beschneiden zu lassen."

„Wie, sie hat ihre Söhne einfach so beschneiden lassen?"

„Ja, und seitdem sind sie wie ausgewechselt, lammfromm gerade zu. Jedenfalls sagt sie das. Sie meint, der Eingriff hätte sich bereits deshalb gelohnt, weil ihre Jungs seitdem viel weniger „rubbeln", wenn du verstehst, was ich meine. Tja, mal sehen, wie lange es anhält."

„Und wie hat sie ihre Jungs dazu bekommen, der Beschneidung zuzustimmen?"

„Das haben die natürlich nicht. Das war so: ihr Ältester bekam die Mandeln raus operiert und da habe ich ihr empfohlen, die Vorhaut gleich mit entfernen zu lassen."

„Und das ist kein Problem? Ich meine die Kasse bezahlt das so einfach?"
„Na, ich habe ihr da natürlich ein bisschen geholfen! Aber eine leichte Vorhautverengung kann man immer diagnostizieren! Auf jeden Fall hat ihr das so gut gefallen, dass sie die anderen beiden Rabauken gleich mit beschneiden ließ. Schließlich wollte sie auch, dass die Jungs gleich aussehen."
Sie hatte den Satz noch nicht zu Ende gesprochen, da wurde sie durch das Telefon im Bereitschaftszimmer unterbrochen.
„Also mach's gut! Und einen ruhigen Nachtdienst! Ciao!"
„Ciao, Barbara!" Damit nahm sie den Telefonhörer ab und meldete sich für die Station. Ihre Gesprächspartnerin war ebenfalls verschwunden. Der Weg zur Teeküche war frei. Ich holte mir eine Flasche Mineralwasser und verzog mich in mein Zimmer, wo ich die Flasche nahezu in einem Zuge austrank. Mein Zimmernachbar schlief bereits. Ich konnte nicht einschlafen, obwohl ich todmüde war. Irgendwie konnte ich nicht so richtig glauben, was ich da eben gehört hatte. War es wirklich so, wie die beiden Frauen erzählten? Rituelle Beschneidungen ohne Betäubung vermochte ich mir ebenso wenig vorzustellen, wie routinemäßige Massenbeschneidungen in den USA. Waren wir Jungen Spielbälle eines weiblichen Beschneidungswahns? Ich fühlte mich einfach ausgeliefert. Über das Gehörte grübelte und grübelte ich, bis ich irgendwann einschlief.
In den nächsten Tagen passierte abgesehen davon, dass ich meinen Penis regelmäßig in Kamille baden musste, nichts Spektakuläres. Ab und zu bekam ich

Besuch von einigen meiner Mitschüler. Meine Eltern riefen mich täglich an, um sich zu erkundigen, ob auch alles gut verheilte.
„Sollen wir dich nicht doch noch besuchen kommen?", fragte meine Mutter besorgt.
„Aber nein! In ein paar Tagen bin ich doch schon wieder hier raus. Außerdem ist doch alles okay. Dafür braucht ihr die weite Fahrt nicht auf Euch zu nehmen!", gab ich zurück. Irgendwie war es mir selbst meinen Eltern gegenüber unangenehm, über meine Beschneidung zu sprechen. Bei meiner Mutter hatte ich das Gefühl, sie war hin- und her gerissen. Einerseits wäre sie sicher gerne gekommen, aber dann sah sie schließlich ein, dass sie mir doch nicht helfen konnte, da die Wunde schlichtweg verheilen musste.
Ich nahm mir fest vor, mit David darüber zu reden. Leider kam er nie alleine zu mir. Also musste ich mir wieder einmal alleine Mut machen.
Nach einer knappen Woche durfte ich die Klinik verlassen. Mit Ausnahme des Sportunterrichts konnte ich auch wieder alles mitmachen. Allerdings musste ich am Anfang meine Wunde regelmäßig von Schwester Marion kontrollieren lassen, was ich natürlich äußerst widerwillig tat. Aber wenn ich keine Infektion oder sonstige Komplikationen riskieren wollte, musste ich mich letztlich dazu zwingen.

Alles ist anders

Es war der zehnte Tag nach der Operation. Ich lag im Bett und hatte meine Boxershorts ausgezogen. Da packte mich die Neugier und ich fasste zum ersten Mal an meinen „operierten Penis". Meine Hand glitt sofort zurück, als ich die Narbe hinter der Eichel berührte. Sollte ich damit noch warten? Nein! Ich musste jetzt einfach wissen, was „Sache" war.
Also versuchte ich mir Lust zu machen, wie ich es von früher gewohnt war. Doch es ging nicht mehr! So sehr ich mir auch Mühe gab. Was hatte man mir angetan und wofür wurde ich so bestraft? Ich war kurz davor zu weinen, als David zur Tür hereinkam.
„Alles gut verheilt, Manuel?"
Die Situation war mir absolut peinlich. Aber ich mochte David und ich musste endlich mit jemandem über die Sache sprechen. Also fasste ich mir ein Herz und brach mein Schweigen.
„Ja - das heißt, eigentlich nicht. Es heilt zwar. Aber es ist einfach zu viel ab", schluchzte ich, „hast du das auch so empfunden? Wie war das denn bei dir?"
„Ich weiß es schon gar nicht mehr genau. Ist schon so lange her, dass es gemacht wurde."
„Wieso, wie alt warst du denn?"
„Acht."
„Und warum hat man dir die Vorhaut weg geschnitten? Hattest du auch eine Verengung?"
„Nein."
„Warum wurdest du dann beschnitten"?
„Weil meine Eltern es so wollten. In unserer Familie sind alle Männer beschnitten."

„Wieso denn das? Seid ihr Juden?"
„Nein, das war eben einfach so: Als mein älterer Bruder damals beschnitten wurde, meinten meine Eltern, es sei besser, mich gleich mit zu beschneiden. Unser Kinderarzt bestärkte meine Mutter darin, dass es außerdem gesünder und hygienischer sei. Und so wurden mein Bruder und ich zusammen beschnitten."
„Und hast du dich dagegen nie gewehrt?"
„Nein. Man hat mir einfach gesagt, dass es nur Vorteile hätte, beschnitten zu sein."
„Hast du denn schon mal? Na, du weißt schon."
Ich spürte deutlich wie mein Herz anfing, schneller zu schlagen, während ich die Frage stellte.
„Na klar, aber nur mit Niveacreme oder Babyöl!" Versuch' s doch auch mal! Dann tut' s nicht so weh!"
Endlich! Ich hatte jemanden gefunden, mit dem ich reden konnte. Hätte ich damals gewusst, dass David für lange Zeit der einzige Mensch sein würde, der mein Problem verstand, hätte ich ihn auf der Stelle umarmt. Ich nahm mir fest vor, Davids Rat zu beherzigen.
Am nächsten Morgen musste ich noch einmal zu Schwester Marion zum „Nachschauen". Nachdem sie nichts Besorgniserregendes entdeckte, wurde der Fall schließlich mit den Worten abgeschlossen, dass „der Rest schon von alleine heile". Freilich ahnte ich damals nicht, wie Unrecht sie in Wahrheit hatte, und wie gänzlich unangebracht das Wort „heilen" in dem Zusammenhang war. Dabei hatte sie, streng medizinisch gesehen, sicher Recht. Ich beschloss, nicht mehr weiter darüber nachzudenken und versuchte

von nun an meine nackte Eichel so gut wie möglich zu verhüllen.

Am Wochenende fuhr ich zu meinen Eltern, die natürlich genauestens informiert werden wollten. Mir war das alles ungeheuer peinlich und deshalb versuchte ich, alle Gespräche zu dem Thema möglichst schnell abzuwürgen. Meine Mutter wollte sich anfangs nicht darauf einlassen. Doch dann sah sie ein, dass ich mit immerhin dreizehn Jahren ein Recht auf Achtung meines Schamgefühls hatte. Also akzeptierten sie meine Entscheidung, über die Beschneidung fortan nicht mehr zu sprechen.

Ich beschloss, den Rest des Tages vor dem Fernseher zuzubringen. Und so verzog ich mich in mein Zimmer und schaute mir die Sportschau an, um auf andere Gedanken zu kommen.

Damals war ich unglaublich stolz, in meinem Zimmer einen eigenen uralten Schwarzweiß-Fernseher zu haben, den ich mir kurz zuvor vom Sperrmüll besorgt hatte. Damals konnte ich es überhaupt nicht fassen, dass es Menschen gab, die noch funktionierende Fernsehgeräte zum Sperrmüll brachten. Heute stellt der eigene Fernseher für Jugendliche ja schon den Normalfall dar, über den niemand mehr groß nachdenkt. Damals jedoch, lange bevor es Elektronikmärkte gab, die sich - streng nach dem Motto „Geiz ist geil!" und „Ich bin doch nicht blöd!" - ständig im Preis unterbieten, war ein Fernseher für einen Dreizehnjährigen etwas geradezu Sensationelles. Und so war ich denn auch überglücklich, einen solchen mein Eigen nennen zu können. Das schwerste war, diesen Riesenapparat, den man aus heutiger Sicht wahrscheinlich als „Monstrum" be-

zeichnen würde, nachhause zu schleppen. Selbstverständlich konnte ich von meinen Eltern, die schon immer grundsätzlich gegen das Fernsehen eingestellt waren, in dieser Hinsicht keine Hilfe erwarten. Aber es gelang mir schließlich, den Kasten heil auf mein Zimmer zu bringen. Eine kleine Zimmerantenne, die mir der Vater eines Freundes besorgte, rundete die Sache schließlich ab.
Ich schaltete also das Fernsehgerät ein und setzte mich aufs Bett. Es spielte Bayern München gegen Werder Bremen. Die Reportage lief noch keine fünf Minuten, als meine Schwester Stefanie hereinkam.
„Hallo, Manuel!"
„Steffi!" sagte ich, ein wenig überrascht, da ich eigentlich niemanden erwartete.
„Du schaust Sportschau?"
„Ja, wieso denn nicht?"
„Ich würde mich gerne ein bisschen mit dir unterhalten. Schließlich sehen wir uns so selten, seit du auf dem Internat bist."
„Ja, stimmt. Find' ich auch schade! Aber schließlich habe ich mir das Ganze ja nicht ausgesucht."
„Aber so schlimm ist es doch auch nicht, oder? Außerdem hast du dich doch inzwischen ganz gut eingelebt, nach allem, was ich so höre."
„Wer sagt das?"
„Mama, wer sonst?"
„Na, die muss ja auch nicht im Internat leben."
„Wie dem auch sei, ich bin eigentlich nicht gekommen, um über das Internat mit dir zu sprechen."
„Sondern? Über was denn sonst?"

Steffi zog ihre Schuhe aus und setzte sich zu mir aufs Bett. Dann lehnte sie sich zurück, umfasste mit beiden Händen ihre Knie und sagte:
„Über deine Beschneidung!"
Ich war geschockt über diese Worte. Hatte ich richtig gehört? Meine Schwester interessierte sich für meine Beschneidung? Wieso nur? Sie war doch ein Mädchen. Weshalb interessieren sich Mädchen für das Thema Beschneidung, fragte ich mich.
„Wieso denn das? Und woher weißt du das überhaupt?"
„Na, denkst Du vielleicht, Mama würde mir so etwas nicht erzählen?"
Ich spürte förmlich, wie es mir die Schamröte ins Gesicht trieb. Auf Steffi schien das nicht ohne Wirkung zu bleiben, denn sie schaute plötzlich, als wollte sie sich für ihre Unsensibilität entschuldigen.
„Sei bitte nicht sauer, ich wollte doch nur, dass du dir nicht zu sehr einen Kopf darüber machst."
„Und wieso denkst du, dass ich mir überhaupt darüber den Kopf zerbreche?"
„Na, ich kenne doch meinen Bruder Manuel."
Sie sagte das mit dem ihr eigenen, vehementen Charme, der es einem unmöglich machte, ihr böse zu sein. Außerdem war sie meine Schwester. Bis zu diesem Zeitpunkt hatten wir auch immer über alles reden können. Nie gab es irgendwelche Geheimnisse zwischen uns. Also - wieso sollte es diesmal anders sein?
„Ja gut, wenn du es unbedingt wissen willst: Die Wahrheit ist, dass ich mich ziemlich unwohl fühle da unten."
„Aber warum denn?"

„Ganz einfach, weil ich beschnitten wurde, ohne gefragt zu werden oder mich groß dagegen wehren zu können - und weil ich gerne meine Vorhaut zurück hätte!"
„So ein Blödsinn!"
„Ich glaube kaum, dass du als Mädchen das beurteilen kannst. Du wurdest schließlich nicht beschnitten, oder?"
„Nein, das ist richtig. Außerdem sollte man über die Beschneidung von Mädchen keine Scherze machen. Schlimm genug, dass es so etwas heutzutage überhaupt noch gibt."
„Aber bei uns Jungs soll es ganz normal sein, dass wir beschnitten werden."
„Also ich habe jedenfalls schon beschnittene Jungs gesehen. Der erste Junge, mit dem ich geschlafen habe, war auch beschnitten, und er war sehr zärtlich."
Ich war überrascht über so viel Offenheit. Gut, Steffi war siebzehn, da war es offensichtlich normal, dass sie mit Jungen schlief. Aber was veranlasste sie dazu, mir so etwas Persönliches zu erzählen? Zwar hatten wir in der Vergangenheit immer ein sehr offenes Verhältnis zueinander gehabt, aber irgendwie waren mir solche Gespräche trotzdem peinlich. Ich versuchte auszuweichen und das Thema zu wechseln.
„Wollen wir nicht lieber Fußballbundesliga schauen?"
„Jetzt nicht ablenken. Als Frau kann ich dir nur sagen, dass ich beschnittene Männer viel sauberer finde!"
„Na und?"

„Was heißt, na und? Ich versuche doch nur dir klar zu machen, dass du im Grunde froh sein solltest, beschnitten zu sein. Jeder beschnittene Junge sollte darüber froh und dankbar sein, diesen hygienischen Vorteil gegenüber Unbeschnittenen zu haben. Und davon abgesehen, ist es viel männlicher ohne Vorhaut!"
„Wieso denn das?"
„Ganz einfach, weil Beschnittene viel länger können!"
„Du verstehst das einfach nicht. Seit ich beschnitten bin, habe ich das Gefühl, ein empfindliches Teil meines Körpers unwiederbringlich verloren zu haben!"
„Aber das Hauptgefühl ist doch an der Eichel und die ist doch noch dran!"
„Aber früher konnte ich die Vorhaut zurückziehen und habe dabei sehr viel empfunden."
„Also, ich denke, du brauchst einfach ein bisschen Zeit, um dich an das neue Gefühl zu gewöhnen. Es leben jedenfalls sehr viele Männer ohne Vorhaut, und ich kann mir nicht vorstellen, dass die alle unter einem Gefühlsverlust leiden. Also mach dir keine Sorgen, okay? Das wird schon wieder!"
So war sie halt, meine Schwester. Sie sagte immer, was sie dachte. Obwohl ich fest davon überzeugt war, dass sie eigentlich überhaupt kein Mitspracherecht beim Thema Beschneidung hatte, konnte ich ihr nicht wirklich böse sein. Schließlich wollte sie mir ja nur Mut machen. Ich beschloss, nichts mehr zu sagen, lehnte mich zurück und schaute die Sportschau zu Ende.
Zurück im Internat bemerkte ich, dass es gar nicht so einfach war, zur Tagesordnung überzugehen. Au-

ßer von mir selbst wusste ich nur von David, dass er beschnitten war. Alle anderen Jungen, die ich unter der Dusche gesehen hatte, trugen ihre Eichel stets bedeckt. Also versuchten David und ich möglichst alleine zu duschen, was uns jedoch nicht immer gelang.
Eines Abends nach dem Sport, David und ich standen im Duschraum, ging plötzlich die Tür auf. Sechs Jungen aus unserer Klasse stürmten herein. Schneller als David oder ich auch nur zum Handtuch greifen konnten, wurden wir festgehalten. Jeweils zwei Jungen hielten Arme und Beine.
„Da sind ja unsere beiden Türkenpimmel!", höhnte Alex. Er war in seiner Clique so etwas wie der Anführer, jedenfalls führte er stets das große Wort.
„Lasst uns doch mal sehen, ob die beiden da unten überhaupt noch Gefühle kriegen!", fuhr er fort. In diesem Moment hatte er auch schon eine Zacke aus seinem Kamm heraus gebrochen und wollte sie in meine Eichel pieksen. Mit dem Mut der Verzweiflung trat ich mit beiden Füßen gleichzeitig aus. Ich hatte Glück, sie ließen sofort von mir ab. David hatte ebenfalls fest zugetreten und gleichzeitig mit den Fäusten gegen die Badezimmertür getrommelt.
„Nichts wie weg hier, bevor jemand kommt!", rief Alex den Anderen zu. Im Flur waren Schritte zu hören und das Licht ging an. Ein paar Sekunden später waren alle auf ihren Zimmern verschwunden, David und ich hatten auch gemacht, dass wir auf unsere Stube kamen. Hätte man uns noch vorgefunden, wir wären durch die anschließende Fragerei in Teufels Küche gekommen.
„Was ist, David, haben sie dich erwischt?"

„Nein, hab' Glück gehabt! Was ist mit dir?
„Hab' mit den Füßen losgetreten, bevor der Kerl in meine Eichel stechen konnte! Müssen wir jetzt für immer damit leben, gepiesackt zu werden, weil wir anders sind als die Anderen?"
„Ich weiß nicht. Lieber nicht daran denken", gab David zurück.
Dieser Abend schweißte David und mich natürlich noch mehr zusammen. Wir berieten die halbe Nacht, wie wir uns künftig vor solchen Übergriffen schützen könnten, bis wir schließlich irgendwann einschliefen.
Eine ganze Zeit lang fürchteten wir uns noch vor dem täglichen Duschen, aber zum Glück wiederholten sich derartige Angriffe von Alex und seiner Bande nicht.

Bin ich noch wie andere Jungen?

Nach den nächtlichen Erlebnissen im Duschraum kehrte zunächst einmal etwas Ruhe ein, bevor wir ein paar Wochen später wieder grausam an das „anders Sein" erinnert wurden. Unfreiwillig wurden David und ich zum Mittelpunkt des Biologieunterrichts. Wir hatten Sexualkunde. Unsere Lehrerin, Frau Lehner, vergaß nicht zu erwähnen, wie wichtig eine umfassende Hygiene für die Geschlechtsorgane ist. Dann zeigte sie uns Bilder von „Negativbeispielen".
„Wer von euch weiß, warum Krankheiten wie Penis- oder Gebärmutterkrebs in Ländern wie Israel oder der Türkei nicht vorkommen?", fragte sie in die Runde.
„Weil die Jungs da beschnitten werden!", antwortete Claudia.
Ausgerechnet Claudia, das Mädchen, dass ich von allen in meiner Klasse am liebsten mochte. Sie sah sehr gut aus - schlank, mit langen blonden Haare und einem zuckersüßen Gesicht.
„Und was genau passiert bei einer Beschneidung?", fragte Frau Lehner weiter.
„Da wird die Vorhaut entfernt, damit die Jungs immer schön sauber sind!", fügte Sandra grinsend hinzu.
In diesem Augenblick wurde es still und alle Blicke richteten sich auf David und mich. Ich wollte nur noch im Boden versinken. Sie wussten es also. Alle!
Klar, Alex und seine Clique hatten ihre Entdeckung natürlich schnellstens herum erzählt – sogar bei den Mädchen!

„Beschneidungen werden übrigens nicht nur im Islam und im Judentum vorgenommen. In vielen Ländern, darunter auch den USA, hat sich der kleine Eingriff allein aus hygienischen Gründen durchgesetzt. Dort werden alle Säuglinge gleich nach der Geburt vorbeugend beschnitten", dozierte Frau Lehner abschließend.
Mich konnte das allerdings nicht mehr trösten und ich merkte David an, dass es ihm genauso ging.
Also beschloss ich, etwas dagegen zu unternehmen.
Bereits am nächsten Tag kam mir ein Gedanke. Wir hatten in der ersten Stunde Handarbeit. Jungen und Mädchen wurden nämlich in Handarbeit und Werken im Wechsel gemeinsam unterrichtet. Unsere Aufgabe bestand darin, einen zugeschnittenen Pulli zu nähen. Ich nahm den Faden in die Hand und kam auf eine Idee. Ob ich damit nicht einfach meine Vorhaut nach vorne binden könnte? Ich ließ den Faden heimlich mitgehen. In der Pause verabschiedete ich mich dann auf die Toilette und versuchte, meine restliche Haut ganz noch vorne zu ziehen und dann mit dem Faden festzubinden. Es tat ziemlich weh, aber ich biss die Zähne zusammen. Bis zur großen Pause hielt ich es aus. Dann zog ich mich auf die Toilette zurück. Natürlich rutschte die Haut wieder zurück aber ich wollte es nicht wahrhaben. Als ich zum „Pipimachen" meine Eichel berührte, bemerkte ich, wie wund sie war. Aber ich wollte nicht so schnell aufgeben und band den Faden erneut um die Haut des Schaftes und zog sie nach vorne. Natürlich rutschte sie immer wieder zurück, was unangenehm war und schmerzte. Und das, wo wir in der nächsten Stunden eine Mathearbeit schreiben sollten - auch

ohne diese Erschwernis schon schlimm genug, denn Mathematik war für mich vom Verständnis her gleichbedeutend mit Chinesisch. Es war zum Verzweifeln. Aber schließlich blieb mir nichts anderes übrig, als in der Pause erneut zur Toilette zu gehen und den Faden wieder zu entfernen.

Am Wochenende fuhr unsere Klasse zum Zelten an einen nahe gelegenen Baggersee. Als Betreuer fuhren unser Klassenlehrer und unsere Sportlehrerin mit. Das Wetter war wunderschön und wir verbrachten die Zeit ausschließlich mit Spielen im Freien. Der erste Tag stand voll im Zeichen eines Volleyballturniers Jungen gegen Mädchen. Da niemand seine Turnschuhe dabei hatte, spielten wir alle barfuß. Der Sand unter den nackten Füßen war herrlich weich und warm. Es machte riesigen Spaß. Am Abend suchten wir etwas Holz und zündeten ein Lagerfeuer an. Natürlich hatten wir Grillwürstchen dabei. Nach dem Essen zogen David und ich uns in unser Zwei-Mann-Zelt zurück und vertrieben uns die Zeit mit Lesen. Etwas später, als es ruhig geworden und die meisten schon eingeschlafen waren, beugte sich David plötzlich zu mir herüber:

„Wie ist es denn jetzt mit deinem … na, du weißt schon?"

Mit einer solchen Frage hatte ich nicht gerechnet. Es war sehr warm. Außer meinem Slip trug ich nichts. Mein Schlafsack war offen. David hatte ebenfalls nur seine Boxershorts an. Plötzlich spürte ich, wie die „Beule" in meiner Hose immer dicker wurde. Mir war die ganze Situation schrecklich peinlich. Es war das erste Mal seit meiner Operation, dass ich wieder eine „Beule" in der Hose hatte.

„Du brauchst dich doch nicht zu schämen!", flüsterte David, noch bevor ich etwas entgegnen konnte. „Lass mich mal sehen, ja?"
Im selben Augenblick hatte er mir auch schon den Slip herunter gezogen und berührte meine nackte Eichel.
„Warte, ich habe Babyöl in meiner Tasche. Damit geht' s noch besser und tut überhaupt nicht weh!"
David ölte mich ein und streichelte mich. Das Gefühl war einfach wunderbar.
Endlich hatte ich wieder „das schöne Gefühl", dass ich so lange vermisst hatte. Ich wusste nicht, wie ich reagieren sollte. Ich war doch nicht schwul! Ich wusste genau, dass Mädchen mich viel mehr erregten als – wenn überhaupt – Jungen, obwohl ich bis zu diesem Zeitpunkt noch kein Mädchen berührt hatte, wenn man von ein paar belanglosen Küssen mal absah. Warum also ließ ich mir das bloß gefallen?
„Nimm' auch ein bisschen Öl und berühre mich", flüsterte David. Endlich fasste ich mir ein Herz und rieb meine Hände mit Babyöl ein. Dann glitt ich behutsam mit der Hand an seinem Penis auf und ab, was er sichtlich genoss.
„Ist man eigentlich schwul, wenn man so was macht?", fragte ich ängstlich.
„Ach was! Dann wären ja alle schwul."
Ich war erleichtert, wenngleich ich mich auch ein wenig schämte. Also beschloss ich nicht weiter darüber nachzudenken und schlief schließlich ein.
Als ich am nächsten Morgen erwachte, versuchte ich das Erlebnis der vorangegangenen Nacht zu verdrängen. Ich traute mich nicht, David darauf anzu-

sprechen und fühlte, dass es ihm ähnlich ging. Also taten wir so, als ob nichts passiert wäre.

Zurück auf dem Internat, kehrte für uns erst einmal wieder der Alltag ein. Die Nacht mit David im Zelt wiederholte sich nicht und wurde zu einer Erinnerung, die sich immer weiter entfernte. Ich beschloss, die Sache auf sich beruhen zu lassen und sagte mir immer wieder, dass ich nicht schwul sei.

Wieder krank

Der Winter kam und mit ihm jede Menge Schnee. David und ich nutzten unsere Freizeit zwischen Mathematik und Fremdsprachen häufig zum Schlittenfahren.
Nachdem ich nach den Weihnachtsferien aufs Internat zurückgekehrt war, wurde ich erst mal wieder krank. Mein erster Winter ohne Vorhaut begann damit, dass ich ständig zur Toilette rennen musste und immer nur ein paar Tropfen pinkeln konnte. Außerdem brannte es jedes Mal in meiner Harnröhre. Zunächst versuchte ich mein Problem für mich zu behalten und mit niemandem darüber zu reden. Doch nach ein paar Wochen hielt ich es nicht mehr aus. Zähneknirschend meldete ich mich, mangels Alternative wieder bei Frau Dr. Cooper.
„Brennt es beim Pipimachen?", wollte sie als erstes wissen.
„Ja"
„Wie lange schon?
„Ein paar Wochen", gab ich zu.
„Und warum kommst du erst jetzt?"
„Hab' gedacht, es wird schon nicht so schlimm sein und geht von alleine wieder weg!"
„Jedenfalls muss ich mir das mal genauer ansehen. Der Urin sieht nicht gut aus. Mach dich bitte mal frei und leg dich auf die Liege!"
Damit verschwand sie aus dem Untersuchungszimmer. Als sie wieder hereinkam, war ich bereits nackt. Natürlich nutzte sie die Gelegenheit, ausführlich die Operationsnarbe und meine Eichel zu begutachten.

„Ist aber gut verheilt!", frohlockte sie, als sie die Stelle sah, wo man das Skalpell angesetzt hatte.
„Und schön straff ist es geworden. Nicht so eine Null- Acht- Fünfzehn- Beschneidung!"
Schon wieder stand ich „unten ohne" vor einer Ärztin und wieder schämte ich mich. Dr. Cooper schien davon jedoch keine große Notiz zu nehmen. Überhaupt gewann ich langsam, aber sicher den Eindruck, dass man auf das Schamgefühl kleiner Jungen wenig Rücksicht zu nehmen pflegte.
„Ich muss jetzt die Hoden untersuchen!"
Als sie damit fertig war, zog sie eine Art „Kondom" über ihren Zeigefinger.
„So, und jetzt bitte mal das Gesicht zur Wand drehen und die Beine anziehen!"
Ehe ich mir selbst die Frage stellen konnte, was als nächstes auf mich zukommen würde, führte sie auch schon ihren Finger in meinen Po ein, bis ich „Au" sagte. Ich wusste nicht, wie mir geschah. Bisher kannte ich vergleichbare Gefühle nur vom Fiebermessen.
„Auf jeden Fall eine Entzündung! Aber um auf Nummer sicher zu gehen, müsste man mal mit dem Ultraschall nachsehen und am besten auch gleich in die Blase 'rein schauen."
„Hast du denn auch mal Blut im Pipi gehabt?"
„Ja", gab ich verschämt zu.
„Am besten, ich melde dich gleich drüben in der U-rologie an. Ich will da kein Risiko eingehen."
„Wie wird denn in die Blase 'rein geguckt?", fragte ich arglos.
„Das ist völlig harmlos. Bei der Blasenspiegelung wird mit einer Kamera durch die Harnröhre in die

Blase geschaut. Tut überhaupt nicht weh, ist nur ein bisschen unangenehm, geht aber schnell wieder vorbei."

Wie meistens war ich naiv genug zu glauben, was man mir erzählte und ließ mich darauf ein. Schon am übernächsten Tag stand ich wieder im Klinikum auf der Matte. Das Schild „Kinderurologie", das ein Kind mit einem Teddybär im Arm zeigte, hätte mir eigentlich schon richtig vertraut vorkommen müssen. Doch stattdessen weckte es lediglich Erinnerungen an die Torturen, die ich über mich übergehen lassen musste. Und ich hatte das ungute Gefühl, dass es diesmal nicht anders sein würde.

„Ultraschall und Blasenspiegelung?", empfing mich eine Schwersternschülerin.

„Ja."

„Dann folge mir bitte!"

Sie brachte mich zu einer vielleicht drei Quadratmeter großen Kabine.

„Du brauchst keine Angst zu haben. Ist halb so schlimm! Hose und Unterhose bitte schon mal ausziehen. Frau Doktor kommt gleich zu dir."

Fünf Minuten nachdem die Schwester verschwunden war, kam die Kinderurologin herein. Sie schien neu zu sein, beim letzten Mal war es eine andere Ärztin gewesen, soweit ich mich erinnerte. Ich hatte nur noch meine Socken und meinen Pullover an.

„Hallo, du bist also der junge Mann für die Blasenspiegelung."

„Ich heiße Manuel!"

„Manuel, schöner Name! Ich bin Dr. Kuller"

Sie sah sich meine Karteikarte an.

„Ich schaue erst einmal mit dem Ultraschall!"

Zuerst strich sie eine trübe Flüssigkeit auf meinen Bauch und verteilte sie von meinem Bauchnabel abwärts. Dann setzte sie ein Art „Duschkopf" auf meinen Unterleib und sah auf einen daneben stehenden Monitor.

„Viel kann ich nicht erkennen, deshalb werde ich noch kurz in die Blase 'rein gucken. Hattest du schon mal eine Zystoskopie?"

„Eine was?"

„Ich meine, ob bei dir schon mal eine Blasenspiegelung gemacht wurde."

„Nein, noch nicht."

„Gut. Also, das sieht schlimmer aus, als es ist, okay?"

Was sollte das nun wieder bedeuten? Doch schon wenige Augenblicke später wusste ich, warum sie das sagte. Ich sah den riesigen Metallstab. Bei dem Gedanken, dieses dicke Rohr durch die schmale Öffnung meiner Eichel bis in die Blase geschoben zu bekommen, wurde mir mehr als mulmig zumute.

„Damit es nicht so weh tut, spritze ich dir jetzt ein schmerzlinderndes Gel in die Harnröhre. Wird nur ein bisschen kalt."

Sie nahm meinen Penis in ihre linke Hand und suchte mit der rechten nach meiner Vorhaut und schien sich richtig zu wundern, dass ich keine hatte.

„Du hattest ja eine Zirkumzision!"

Bei ihr klangen diese Worte so, als ob so etwas ja richtig außergewöhnlich sei.

„Eine was?", fragte ich zurück.

„Eine Vorhautbeschneidung."

Und schon wieder schämte ich mich, dass ich anders war als andere Jungen.

Sie ergriff meinen Penis und spreizte die Eichelöffnung, dann führte sie mit der rechten Hand eine Spritze ohne Nadel in meine Eichel ein und injizierte mir eine kühlende Flüssigkeit. Danach drückte sie meine Eichel mit einem Gummiring zusammen, um das Herauslaufen der Flüssigkeit zu verhindern.
„So, ich schaue jetzt kurz in deine Blase", sagte sie, nachdem sie ein paar Minuten die Wirkung abgewartet hatte.
„Es tut nicht weh, ist nur ein ganz klein wenig unangenehm. Am besten, du bist ganz locker und entspannt, nur nicht verkrampfen!"
Damit machte sie sich auch schon an meiner Eichel zu schaffen. Mit ihrer linken Hand spreizte sie meine Harnröhrenöffnung so weit es ging auseinander und schob anschließend mit der rechten den Metallstab durch die Harnröhre immer weiter in meinen Penis hinein.
„Aha, die Harnröhre sieht ziemlich entzündet aus!"
Die Worte dröhnten wie ein Presslufthammer in meinen Ohren. Ich konnte ihren Inhalt gar nicht aufnehmen und es war mir auch ziemlich egal, was sie bedeuteten, so stark waren die Schmerzen. Offenbar wurde mein Penis von innen zerrissen. Was hatte ich dem Teufel getan, dass er mich so strafte?
Die Zeit schien still zu stehen. Hätte ich eine Uhr bei mir gehabt, ich hätte gar nicht wissen wollen, wie unendlich langsam der Sekundenzeiger sich bewegte. Selbst in meinen wildesten Alpträumen hätte ich mir diese Untersuchung nicht so entsetzlich vorstellen können.
„Ich bin gleich fertig!", dröhnte es aus dem Mund von Frau Doktor.

Als sie endlich den Stab aus meinem Penis zog, erschrak ich über das Blut, das aus der Harnröhre tropfte.
„Blut", sagte ich mit leise zitternder Stimme.
„Das ist ganz normal! Bei der Untersuchung wird ein bisschen die Harnröhre gereizt. Immer etwas unangenehm, so eine Blasenspiegelung!"
Das war nicht gerade ein Trost für mich.
„Es kann sein, dass du in den nächsten Tagen leichte Probleme beim ‚Pipimachen' bekommst. Aber das geht wieder vorüber!"
Leichte Probleme beim „Pipimachen". Wie sehr dieser Ausdruck untertrieben war, wurde mir schon wenig später klar.
Die Untersuchung war zu Ende und ich zog mit Schmerz verzerrtem Gesicht meine Boxershorts wieder an. In diesem Moment spürte ich auch schon starken Druck auf meiner Blase und ging zur Toilette. Was ich da erlebte, spottete jeder Beschreibung. Mit jedem Tropfen Urin, der durch die Harnröhre lief, hatte ich das Gefühl Rasierklingen zu pinkeln. Es fühlte sich an, als ob jemand Salz in eine offene Wunde streute. Das Blut, das weiterhin aus der Harnröhre tropfte, nahm ich schon gar nicht mehr wahr. Was war bloß mit mir passiert? Warum quälte man mich so, nur wegen einer leichten Blasenentzündung?
Ohne mich noch einmal umzusehen, hastete ich aus der Klinik. Ich ging zurück ins Internat, warf mich auf mein Bett, heulte los und konnte nicht mehr aufhören. Selbst der Gedanke, an diesem Tag nicht mehr in den Unterricht zu müssen, konnte mich nicht trösten.

Die Schmerzen beim Wasserlassen dauerten an, aber ich hätte mir lieber die Zunge abgebissen, als deswegen nochmals zur Schulärztin zu gehen. Erst nach drei Tagen war ich wieder der Alte. Das einzig Positive an der Prozedur war - im Nachhinein betrachtet- dass ich seitdem nie wieder Angst vor dem Zahnarzt hatte.
So sehr ich auch versuchte, die Sache zu verdrängen, vergessen konnte ich sie nicht. Ich erzählte niemandem davon, weil mir das Ganze schrecklich peinlich war. Darum beschloss ich, künftig auf der Hut zu sein und entwickelte geradezu eine Abneigung gegen alles Medizinische und jegliche Personen in Weiß.
Das erste Halbjahr ging zu Ende und die Zeit des Zwischenzeugnisses kam. Da ich nicht gerade durch berauschende Noten glänzte, strotzte das Beurteilungsschreiben des Klassenlehrers an meine Eltern nicht gerade vor Lob. Insbesondere meine Leistungen in Mathematik und Latein ließen, wie er sich ausdrückte, sehr zu wünschen übrig. Kurz nach Zeugnisausgabe schrieb ich einen Brief an meine Mutter, in dem ich mich reichlich über das Internatsleben beschwerte. Diese Leistungen konnte ich auch zu Hause erreichen. Schließlich waren meine Noten auf dem alten Gymnasium auch nicht schlechter gewesen. Aber meine Mutter antwortete entschlossen, dass die Fördermöglichkeiten auf dem Internat ungleich besser seien. Bei schlechten Noten bekäme man immerhin automatisch einen Tutor aus einer höheren Klasse zugeteilt, der mit einem den Stoff durchpaukte. Eine so gute Nachhilfe sei zu Hause kaum zu finden.

Dagegen konnte ich nichts sagen, dennoch war ich nicht wirklich von dem Konzept überzeugt.

Am Marterpfahl

Neben der Schule und unseren zahlreichen sportlichen Aktivitäten blieb reichlich freie Zeit zum Spielen. Natürlich kannte ich das Spiel „Schnitzeljagd" von zuhause. Aber im Internat musste ich mich an ganz neue Bräuche gewöhnen.
Es war an einem wunderschönen Junitag. Die letzte Stunde Sport war ausgefallen. Ich war in meinem Zimmer, lag auf dem Bett und vertrieb mir die Zeit mit meinem liebsten Karl-May-Buch „Der Schatz im Silbersee". Eigentlich hatte ich gar keine Lust, mich dabei stören zu lassen, bis David zur Tür hereinkam.
„Manuel, hast du nicht Lust, bei der Schnitzeljagd mitzumachen?"
„Eigentlich nicht. Würde lieber mein Buch weiter lesen."
„Ach, lesen kannst du doch immer noch. Heute ist so schönes Wetter. Sei kein Spielverderber!"
Damit lehnte er sich an den Bettpfosten und grinste mich so lange an, bis ich schließlich auch grinsen musste und mein Buch weglegte. Zusammen liefen wir nach draußen.
„Alex und Ilka wählen heute!", hörten wir Claudia rufen.
Gebildet wurden zwei Mannschaften, die Verstecker und die Verfolger. Die Verfolger hatten das Ziel, einen „Schatz" zu finden, der in der Regel aus einem Gutschein für einen Kinoabend oder Ähnlichem bestand und von den Betreuern gestiftet wurde. Eine Besonderheit bestand darin, dass die Verfolger das Recht hatten, Angehörige der Versteckergruppe zu

„foltern", wenn sie ihnen in die Hände fielen. David und ich landeten in der Versteckergruppe. Wie so häufig waren wir die einzigen Jungen in unserer Mannschaft, was uns aber wenig störte. Da wir „untenherum" anders aussahen und damit in den Augen der anderen Jungen sowieso unkomplett waren, war es nur folgerichtig, bei den Mädchen mitzumachen. Diesmal allerdings sollte es David und mich besonders hart treffen.

David war mitten im Wald umgeknickt und bei meinem Versuch ihm zu helfen, gerieten wir beide in Gefangenschaft. Dann wurden wir, wie es üblich war, jeder an einen Baum gefesselt. In der Zwischenzeit hatten ein paar andere Jungen Brennnesseln geholt. Es war ziemlich warm, sodass wir äußerst leicht bekleidet waren.

„Was sollen wir zuerst mit ihnen machen?", fragte Alex mit seinem üblichen höhnischen Grinsen.

„Als erstes ziehen wir denen mal die Schuhe aus!", hörte ich Sven sagen.

Die Worte waren kaum ausgesprochen, da hatte man auch schon die Riemen unserer Sandalen gelöst und ehe wir uns versahen, standen wir barfuß am „Marterpfahl".

„Mal sehen, ob die Brennnesseln auch wirklich schön brennen!", rief Alex weiter.

Im nächsten Augenblick bearbeitete er meine nackten Fußsohlen mit einem Brennnesselstrauch. Es brannte wie Feuer. Sven nahm bei David das gleiche vor.

„Nein, ich hab' noch eine bessere Idee!", hallte es aus der Runde. „Lasst uns doch mal ausprobieren, wie es auf der Eichel brennt!" Mir wurde übel vor

Angst, denn ich wusste, sie würden keine Sekunde zögern, ihre Drohung in die Tat umzusetzen.
Doch zum Glück kam es nicht so weit. Denn gerade, als sie uns die Hosen herunter gezogen hatten, rannte Herr Helmer, unser Hausmeister, auf uns zu.
„Hört doch auf mit diesem Mist!", rief er schon von weitem, worauf alle verschwanden. Glücklicher Weise befreite er David und mich, noch bevor die Mädchen unserer Gruppe die Stelle erreichten, wo wir festgebunden waren. Wir waren gerade noch einmal davongekommen. Durch unsere Beschneidung waren David und ich miteinander verbunden. Aber ich mochte David nicht nur, weil er das Schicksal einer nackten Eichel mit mir teilte. Er war einfach mein bester Freund. Er schien das umgekehrt auch so zu empfinden, denn im Anschluss an unsere Schnitzeljagd kam er plötzlich zu mir und flüsterte mir ins Ohr.
„Manuel, komm' mal mit!"
Ich wusste zwar nicht, was er wollte, aber natürlich folgte ich ihm.
„Weißt du, was wir jetzt tun?"
„Nein."
„Wir werden Blutsbrüder! Was hältst du davon?"
Im ersten Moment war ich perplex und wusste nicht, was ich dazu sagen sollte. Aber nachdem ich kurz gezögert hatte, sah ich die ansteckende Begeisterung in seinen Augen.
„Blutsbrüder! Tolle Idee!"
Schließlich hatte ich in den letzten Jahren ausreichend Karl May gelesen, um von der Blutsbrüderschaft Winnetous und Old Shatterhands fasziniert zu sein.

„Wir sind doch schon wie Brüder oder nicht?" David sah mich fragend an.
„Ja, das sind wir. Du hast Recht! Und mit nichts kann man einen Freundschaftspakt fester besiegeln, als mit Blutsbrüderschaft."
Selbst überrascht darüber, kein bisschen Angst zu haben, folgte ich ihm schweigend. David ging ein Stückchen beiseite, dann zückte er sein Fahrtenmesser.
„So, ich fange an!"
Mit diesen Worten ritzte er sich auch schon in seinen linken Unterarm, bis die ersten Blutstropfen hervor kamen. Dann gab er mir das Messer. Ich schnitt mir ebenfalls in den Arm und wunderte mich über meinen Mut. Anschließend hielten wir unsere Unterarme an den blutenden Stellen zusammen und schworen uns ewige Freundschaft. Wir vereinbarten, immer zueinander zu stehen und dem Anderen stets bei allen Angriffen beizustehen.
Danach fühlte ich mich fantastisch. Wenn ich heute, über 20 Jahre später, gefragt werde, wieso ich so etwas getan habe, kann ich nur antworten: Ich war jung, wollte etwas Spannendes ausprobieren - und niemand wusste etwas über Aids.

Blutgrätsche

Im Gegensatz zu Hockey oder Handball hatte ich auf Fußballspielen in der Regel keine Lust. So blieb ich dann auch lange Zeit einer der wenigen Jungen, die nicht in der Schulmannschaft spielten. Das änderte sich, als ich fünfzehn wurde. Fast alle Jungen meiner Klasse spielten mit und da wollte ich nicht nachstehen.
„Manuel, wir könnten dich wirklich gut gebrauchen!", sagte Volker. Er war Spielführer der B-Jugend. Da er auch Handball spielte, kannte er mich ganz gut.
„Aber ich bin doch kein Fußballer! Das weißt du doch."
„Sag doch so was nicht. Wir brauchen einen guten Torwart und du spielst schließlich auch bei der Handballmannschaft im Tor. Also mach' einfach mit!"
Obwohl ich nicht gerade begeistert war, stimmte ich zu. Zumindest für den kommenden Samstag wollte ich im Tor stehen.
Es war das Spiel gegen die Mannschaft des Stadtgymnasiums, am Samstag vor dem Karnevalswochenende. Nachdem ich am Donnerstagabend mit der Mannschaft trainiert hatte, fand ich mich am Samstag auf unserem Fußballplatz ein. Volker war auch schon früh da und „schoss mich warm".
„Wenn wir heute gewinnen, sind wir schon so gut wie Meister!", sagte er optimistisch.
„Also, ich weiß nicht, immerhin sind die Tabellenführer", gab ich zu bedenken.

„Na und? Deswegen sind sie noch lange nicht unschlagbar. Wir packen die schon. Du musst nur so gut halten, wie neulich beim Handball."
Es dauerte nicht mehr lange, dann ging es los. Wir hatten Platzwahl, die gegnerische Mannschaft dafür Anspiel.
Zu Beginn ging es gleich richtig zur Sache. Viele Fouls, wenig Torraumszenen, insgesamt kein wirklich schönes Spiel. Ein Null zu Null zur Pause, das niemanden zufrieden stellen konnte.
Die zweite Halbzeit war gerade mal zehn Minuten alt, als es schließlich passierte:
Ein Freistoß von der halblinken Seite, der auf meinen rechten Pfosten zuflog. Ich stürzte aus dem Tor, um den Ball abzufausten. Im gleichen Moment spürte ich bereits den Tritt in meiner linken Wade und fiel zu Boden.
„Hast du sie noch alle?", schrie ich den Angreifer wütend an.
Zunächst ärgerte ich mich nur über das rüde Einsteigen. Erst als ich wieder aufstehen wollte, wurde mir klar, dass etwas mit meinem Bein nicht stimmte. Ich konnte überhaupt nicht auftreten und hatte sofort das Gefühl, dass irgendetwas ganz und gar nicht in Ordnung war. Nachdem ich ausgewechselt worden war, versuchte ich nochmals mein linkes Bein zu belasten, was mir jedoch immer noch nicht gelang.
„Ich glaube, du musst zum Arzt", sagte Frank besorgt. Er war einer der Manndecker und spielte schon sehr lange Fußball. Entsprechend viele Verletzungen hatte er schon gesehen. Er schien sich richtig Sorgen zu machen.

„Du musst dich unbedingt röntgen lassen!", sagte er mit Blick auf mein Bein.
„Ich weiß nicht. Glaube nicht, dass das notwendig ist", winkte ich ab.
„O doch, und ob!" hörte ich Jürgen sagen.
„Zeig mal her, das Bein!"
Jürgen war Trainer der Fußballmannschaft. Er war Oberstufenschüler und stand kurz vor dem Abitur. Es galt das ungeschriebene Gesetz, dass bei allen Spielen ein Volljähriger als Aufsichtsperson dabei sein musste. Aus gutem Grund, wie ich sogleich erfahren sollte.
„Also, mir gefällt das nicht. Ich denke, das Beste ist, ich fahre dich gleich 'rüber in die Klinik. Da gehen wir auf Nummer sicher."
Meine Begeisterung hielt sich in Grenzen. Der Gedanke, schon wieder ins Krankenhaus zu müssen, erzeugte in mir eine tiefe innere Abneigung. Aber es half alles nichts. Ich konnte nicht auftreten und hatte starke Schmerzen. Also stimmte ich schließlich zu.
Obwohl der Weg zur Klinik wirklich nicht weit war, wäre es mir nicht möglich gewesen, zu Fuß zu gehen. Zu sehr schmerzte mich meine Wade. Jürgen fuhr mich in die Notaufnahme. Er besaß schon einen Führerschein und hatte sich den Wagen unseres Klassenlehrers geliehen. Der Pfleger, der uns die Tür öffnete, sah sofort, was los war, und holte für mich einen Rollstuhl.
„Wir bringen dich gleich zum Röntgen!", hörte ich ihn sagen.
Zuvor wurde ich allerdings noch zum Dienst habenden Arzt gebracht, der mein Bein untersuchte.

„Ich bin Dr. Gader." Er hielt mir höflich die Hand hin. „Ist das beim Fußball passiert?"
„Ja."
„Na ja, kommt vor! Bist nicht der Erste! Ich glaube, es ist nur ein Muskelfaserriss. Aber zur Sicherheit werden wir eine Aufnahme machen."
Es dauerte etwa fünf Minuten, bis der Pfleger zurück kam und mich in den Röntgenraum brachte. Dort erwartete mich bereits die Röntgenassistentin und forderte mich auf, meine Hosen auszuziehen. Nachdem sie mein Bein von zwei verschiedenen Seiten aufgenommen hatte, durfte ich mich wieder anziehen und wurde in den Warteraum geschoben. Nach einer weiteren Viertelstunde wurde ich erneut zu Dr. Gader gebracht.
„Leider keine gute Nachricht. Das Wadenbein ist gebrochen!"
Das darf nicht wahr sein, war mein einziger Gedanke. Wadenbeinbruch, und das am Samstag vor Karneval!
„Was bedeute das nun genau?"
„Du bleibst hier!"
„Aber wieso denn das? Muss ich etwa operiert werden?"
„Nein, das nicht. Es ist eine ganz glatte Fraktur, die nicht operiert zu werden braucht. Insofern können wir noch von Glück reden!"
„Aber warum muss ich denn dann im Krankenhaus bleiben?"
„Weil wir dein Bein so, wie es jetzt ist, nicht eingipsen können. Es muss erst abschwellen."
„Und deswegen muss ich hier bleiben? Wieso kann ich nicht zuhause liegen, bis es abgeschwollen ist?"

„Weil die Gefahr besteht, dass sich der Knochen verschiebt, und dann müssten wir schließlich doch noch operieren."
Ich konnte mal wieder nichts tun, also ließ ich es einfach geschehen. Zunächst kam eine Schwester zum Blut abnehmen.
„Hast du gute Venen?", fragte sie, während sie mir den linken Ärmel hochzog.
„Keine Ahnung, was Sie unter gut verstehen!", gab ich zurück.
„Hier sieht es nicht so besonders aus, ich versuche es mal mit dem rechten Arm."
Endlich war sie zufrieden - und traf die Ader sogar mit dem ersten Nadelstich.
Dann wurde ich auf ein Krankenzimmer gebracht, das ich mir mit einem etwa fünfundzwanzigjährigen Mann teilte. Dort passierte erstmal nichts weiter, außer, dass man mein Bein hoch lagerte und es in regelmäßigen Abständen mit Eisbeuteln kühlte. Ich sah auf meine Uhr und stellte fest, dass es bereits spät am Abend war. Zum Glück hatte ich einen Fernseher in meinem Zimmer, sodass ich mir die Zeit ein bisschen vertreiben konnte. Zu meiner Überraschung bekam ich sogar ein Telefon auf meinen Nachttisch gestellt. Natürlich hatte mein Klassenlehrer meine Eltern verständigt und so ließ der Anruf meiner besorgten Mutter auch nicht lange auf sich warten.
„Mach' dir bitte keine Sorgen, Mama, es ist nichts Wildes, nur ein einfacher Wadenbeinbruch. Es muss nichts operiert werden. Sobald das Bein abgeschwollen ist, wird es gegipst."

So gelang es mir mit großer Mühe, meine Mutter davon abzuhalten, vorbeizukommen. Das hätte mir gerade noch gefehlt - meine nervöse Mutter am Krankenbett. Außerdem war ich fünfzehn und damit „fast erwachsen". Folglich würde ich alleine klarkommen.
Als die Nacht herein brach, bekam ich dann das erste Problem. Ich war es gewohnt, auf dem Bauch einzuschlafen. Nie zuvor war ich in der Situation, auf dem Rücken schlafen zu müssen. Jetzt konnte ich mich erstmals nicht auf den Bauch drehen. Mein Bein lag auf einem Stützpolster, umringt von Eisbeuteln. Schon aus Angst davor, der Knochen könnte sich verschieben, traute ich mich nicht, mein Bein zu bewegen, geschweige denn mich umzudrehen. Folglich blieb mir nichts anderes übrig, als auf dem Rücken liegen zu bleiben und irgendwie zu versuchen, einzuschlafen.
Gegen Mitternacht wachte ich plötzlich erschrocken auf. Ich hing halb im Bett, halb draußen. Anscheinend hatte ich mich im Unterbewusstsein auf den Bauch gedreht. Ängstlich bemühte ich mich, mein Bein wieder in die richtige Position zu bringen. Danach konnte ich nicht mehr einschlafen, sondern zählte die Minuten bis zum nächsten Morgen.
Sonntag früh verspürte ich starken Druck auf der Blase. Also klingelte ich nach der Schwester. Es dauerte eine gefühlte Ewigkeit, bis sie kam.
„Ich muss mal!"
„In Ordnung. Ich bringe dir eine Urinflasche."
Sie brachte die Flasche und ging hinaus.
„Gott sei Dank!", dachte ich. Wäre ja auch noch schöner, wenn sie im Zimmer geblieben wäre. Ir-

gendwie hatte ich immer noch einen Horror davor, jemand könnte meinen beschnittenen Penis sehen.
„Ob sie es in diesem Krankenhaus wohl alle wissen?", fragte ich mich.
Anzunehmen, schließlich war hier meine Beschneidung durchgeführt worden. Zumindest aber stand es in meinen Krankenunterlagen. Peinlich, dachte ich nur. Noch peinlicher allerdings war, was dann passierte. Ohne, dass ich etwas dagegen tun konnte, bekam ich eine Erektion. Mit fünfzehn ein zweifellos ganz normaler Vorgang, dennoch war es mir mehr als unangenehm. Und es kam, wie es kommen musste. Gerade, als ich den Eisbeutel nehmen und der „Aktion" in meiner Unterhose entgegenwirken wollte, ging die Tür auf und zwei Lernschwestern betraten den Raum.
„Wir müssen die Betten machen!"
„Äh - muss das unbedingt jetzt sein?", rief ich aufgeregt.
„Nein, nein, ist schon okay. Wir können auch gerne nachher noch mal wieder kommen", sagte die jüngere der beiden und unterdrückte mühsam ein Grinsen.
„Ich glaube er schämt sich, weil er ein Zelt gebaut hat", hörte ich sie auf dem Flur kichern.
Also hatten sie alles genau mitbekommen. Peinlich, peinlich und nochmals peinlich!
Am späten Vormittag besuchte mich zu meiner großen Freude David.
„Na, wie geht's denn so? Was macht das Bein?"
„Ganz gut, eigentlich. Wird einfach nur gekühlt, damit es abschwillt. Danach bekomme ich sofort einen Gehgips. Bin heilfroh, dass ich nicht operiert werden muss!"

„Und wie lange muss der Gips dran bleiben?"
„So drei bis vier Wochen, haben sie gesagt."
„Na, das geht ja. Bis es richtig warm wird, bist du wieder fit. Übrigens hier, falls es dir zu langweilig wird."
Er zeigte auf seine Tasche und kramte ein paar meiner Lieblingsbücher hervor.
„Danke, David! Damit werde ich schon über die Zeit hinwegkommen. Hoffe, dass das Bein morgen oder spätestens übermorgen abgeschwollen ist und ich mit meinem Gips hier 'raus humpeln kann".
„Ich drücke dir die Daumen! Also mach's gut solange!"
„Ciao!"
Nach Davids Besuch wurde es erst mal wieder ruhig. Es ließen sich weder Ärzte noch Schwestern sehen. Schließlich war Wochenende. Ich verbrachte den Rest des Tages mit Lesen und die halbe Nacht mit Fernsehen.
Auch am Montag tat sich nicht viel, außer, dass mein Bein regelmäßig mit frischen Eisbeuteln gekühlt wurde. Am Dienstag war es dann endlich so weit.
„Ich denke es ist jetzt so weit abgeschwollen, dass wir es eingipsen können!", meinte der Oberarzt bei der Visite. Ich freute mich und konnte den Fortgang der Sache kaum erwarten.
Aber es dauerte dann noch etwa eine halbe Stunde, bis ich in den Gipsraum gefahren wurde.
„Wir machen dir einen Unterschenkel-Gehgips!", empfing mich ein Mann, der so um die Fünfzig sein mochte.
„Endlich, ich kann es kaum erwarten, hier 'raus zu kommen!"

„Klar, aber auch wenn du einen Gehgips bekommst: Nicht vergessen, es ist kein Ersatz für einen gesunden Fuß!"
„Und was heißt das?"
„In der Anfangszeit solltest du noch sehr vorsichtig sein und zusätzlich die Gehhilfen verwenden."
Es dauerte nicht lange und mein Bein war bis kurz unterhalb des Knies eingegipst. Ich musste zunächst noch eine Weile liegen bleiben, aber dann durfte ich meine ersten Gehversuche unternehmen. Nie werde ich vergessen, wie ängstlich ich zunächst war. Am Anfang traute ich mich überhaupt nicht, das Bein zu belasten. Aber nach einiger Zeit klappte auch dies. Jürgen, den ich zuvor telefonisch verständigt hatte, holte mich mit dem Wagen von der Klinik ab.
Für die nächsten drei Wochen war ich erst einmal vom Sport befreit. Jeden Morgen humpelte ich zum Unterricht, freilich nicht ohne mir gewisse Sprüche von wegen „so was passiert halt, wenn Handballer meinen, Fußball spielen zu müssen", anzuhören. ‚Na ja, wer den Schaden hat, braucht für den Spott nicht sorgen', dachte ich mir. Aber schließlich tröstete ich mich damit, dass alle mal drankommen. So war halt Fußball.
Nach einiger Zeit kam ich mit dem Gehgips ganz gut zu recht. Der einzige Haken war, dass die nächsten Wochen reichlich langweilig verliefen, weil ich überhaupt keinen Sport machen konnte. Für jemanden wie mich, der es gewohnt war, viel Sport zu treiben, eine harte Strafe. Doch nach sechs Wochen war auch das vorbei und das „normale Leben" hatte mich wieder. Danach kehrte ich reumütig zu meinen „alten Sportarten" Handball und Hockey zurück. Noch

heute, zwanzig Jahre danach, ziehe ich instinktiv das Bein zurück, wenn ich ein Fußballspiel im Fernsehen anschaue und ein Spieler einen Tritt in die Wade abbekommt.

Beschnitten - beschämt

Irgendwie kam mir als Teenager das Leben reichlich ungerecht vor. Während die meisten der Mädchen unserer Klasse bereits einen festen Freund aus der Oberstufe hatten, genossen nur wenige der Jungen das Privileg auch nur irgendeiner Beziehung zu Mädchen. Für die meisten blieb der Wunsch nach Liebe ein unerreichtes Ziel. Unsere „Sexualität" bestand aus Bravo lesen und heimlichem Onanieren unter der Bettdecke. Leider musste auch ich mich zu dieser Gruppe zählen.

Kurz nach meinem sechzehnten Geburtstag beschlossen David und ich, diese Situation endlich zu ändern. Gemeinsam wollten wir eine Diskothek in der Stadt ausprobieren. Es war an einem Freitagabend, als wir uns ein Herz fassten und aus dem Internat ausbüchsten. Mit etwas Geld in der Tasche, das gerade für den Eintritt und ein Getränk ausreichte, stellten wir uns mit dem Daumen an die Straße. Trampen war allen Internatsschülern natürlich strengstens untersagt. Wer per Anhalter erwischt wurde, für den wurde es richtig unangenehm. Das bedeutete einen verschärften Verweis und einen Brief an die Eltern. Wer sich mehrmals erwischen ließ, dem drohte in der Regel der Hinauswurf. Deshalb war es selbstverständlich, dass wir das erste Stück vom Internat zu Fuß zurücklegten. Erst nachdem wir etwa eine Viertelstunde gelaufen waren, suchten wir uns ein günstiges „Trampereck". Auf eine Mitfahrgelegenheit mussten wir dann auch nicht

lange warten. Keine zehn Minuten später hielt ein roter Passat bei uns an.
„In die Stadt?", fragte ein etwa dreißigjähriger Mann mit Dreitagebart.
„Ja, ist ganz egal, wo Sie uns raus werfen!", erwiderte David.
„Steigt ein!"
Die Fahrt in die Stadt dauerte eine knappe halbe Stunde. Aber sie kam mir viel länger vor. Es war schließlich das erste Mal, dass ich trampte und ich fühlte mich alles andere als wohl in meiner Haut. Als Kind hatte ich immer „Aktenzeichen XY ungelöst" mit Eduard Zimmermann geschaut, natürlich nur, wenn meine Eltern nicht zuhause waren. Nun saß ich die ganze Fahrt über wie auf Nadeln und zitterte dem Ausstieg entgegen. Aber es ging alles gut und wir erreichten sicher die Disco in der Innenstadt.
Um Bekanntschaften zu machen, dachten wir uns ein Spiel aus. Wir versuchten abwechselnd Mädchen anzusprechen und erzählten ihnen, der jeweils Andere hätte sich in sie verliebt, traute sich aber nicht an sie heran. Das Ziel war natürlich, auf diese Weise mit den Mädchen ins Gespräch zu kommen, von denen man nicht zugab, sie toll zu finden. Nach drei vergeblichen Versuchen entwickelte sich tatsächlich ein Flirt.
„Ich bin die Bianca! Und wie heißt du?"
„Manuel!"
„Trinken wir 'ne Cola zusammen?", fragte sie mich aufgeschlossen.
„Na klar!"
Sie war ebenfalls sechzehn und hatte alles, worauf ich damals stand. Eine große Oberweite und ein lan-

ge blonde Mähne, die bis fast zum Po reichte. Wir redeten über alles Mögliche, über die Fußball-Europameisterschaft in Deutschland, das Internat, über Gott und die Welt.
Eine gute Stunde später saßen wir in einer Ecke und kuschelten uns ineinander. Ich spürte sofort, dass sie deutlich erfahrener war als ich, aber es störte mich nicht wirklich. Vielmehr genoss ich einfach den Augenblick, wohl wissend, dass sie in der Disco vermutlich häufiger „Bekanntschaft" mit Jungen schloss.
„Hast du Lust, auf einen Sprung mit zu mir zu kommen? Ich wohne hier ganz in der Nähe."
„Wieso nicht!", fasste ich mir ein Herz.
Ich sah auf meine Uhr und stellte erstaunt fest, dass es bereits nach 23 Uhr war. Auch hatte ich keine Ahnung, wo David steckte. Aber da wir verabredet hatten, uns in der Disco auf jeden Fall wieder zu treffen, um gemeinsam zurück zu kommen, schlug ich alle Bedenken in den Wind und folgte meiner hübschen Eroberung.
Bianca wohnte wirklich nur ein paar Fußminuten von der Disco entfernt. Sie hatte im Haus ihrer Eltern eine eigene kleine Etagenwohnung.
„Springen deine Eltern nicht im Dreieck, wenn du so spät noch Jungs mit auf die Bude nimmst?"
„Mach' dir darüber keine Gedanken, die sind übers Wochenende verreist!"
Ihr Zimmer war geschmackvoll eingerichtet. Das gemütliche Sofa mit Kerzentisch wirkte zweifellos einladend auf männliche Besucher. Die Wand über ihrem Bett zierte das obligatorische „Dirty Dancing" Poster. Irgendwie schienen mehr oder weniger alle

Mädchen zur damaligen Zeit von Patrick Swayze hingerissen zu sein. Wenn ich heute über diese Zeit nachdenke, fallen mir immer sofort die Bücher meines geschätzten Jahrgangskollegen Florian Illies „Generation Golf" ein. Meines Erachtens gibt es niemanden, der so pointiert und humorvoll zugleich das Lebensgefühl der 1980er Jahre beschrieb. Auch wenn es mittlerweile schon einige „Gegendarstellungen" gibt, ich jedenfalls erkannte mich in dem von Illies' beschriebenem Lebensgefühl der „80er" wieder, ohne allerdings jemals einen VW- Golf gefahren zu haben.

Bianca zog ihre Schuhe aus und ging zur Stereoanlage, um eine Kuschelrock LP aufzulegen. Dann zündete sie die Kerze an und setzte sich aufs Bett. Mit einer Handbewegung lud sich mich ein, ihrem Beispiel zu folgen.

„Würde es dir was ausmachen, deine Schuhe auch auszuziehen?"

„Aber nein."

Ich setze mich neben sie und spürte wie mein Puls deutlich schneller wurde.

„Hast du es schon mal gemacht?"

Sie blickte mich ungläubig an, so als ob sie meine Frage nicht genau verstanden hätte. „Ich meine, einen Jungen nach der Disco mit nach Hause genommen", ergänzte ich sofort.

„Ja, ein paar Mal schon!"

Ich wusste nicht, was ich sagen sollte. Aus Verlegenheit fuhr ich mir einige Mal durchs Haar, nicht ohne sie dabei schmachtend anzusehen.

„Dir müssen die Jungen ja reihenweise zu Füßen liegen!"

„Es geht so! Du hast aber mit Mädchen bestimmt auch keine Probleme, oder?"
Was sollte ich antworten? Schließlich war ich noch nie über das Stadium des „sich Küssens" hinausgekommen.
Endlich brachte ich den Mut auf, den Arm um sie zu legen.
„Ich war noch nie mit einem so hübschen Mädchen zusammen!"
Mit diesen Worten nahm ich Biancas Hand und zog sie etwas näher an mich. Sie erwiderte meine Berührungen und führte meine Hand unter ihren Pulli.
„Du darfst sie ruhig anfassen!", forderte sie mich auf.
In diesem Moment berührten meine Finger zum ersten Mal weibliche Brüste und zugleich trafen sich unsere Lippen. Wir küssten uns innig und leidenschaftlich. Da fuhr Bianca mit der Hand über meine Hose. Als sie spürte, wie erregt ich war, wollte sie meine Jeans aufknöpfen.
„Halt, entschuldige bitte, aber ich müsste erst mal deine Toilette benutzen!" schwindelte ich.
„Klar, wenn du raus kommst gleich rechts!"
Natürlich war ich mir bewusst, dass ich gerade im Begriff, war eine große Chance zu verspielen. Aber was sollte ich tun? Schließlich durfte sie keinesfalls sehen, dass ich „unkomplett" war. Was würde sie sonst wohl über mich denken. Also versuchte ich meine restliche Haut am Penisschaft so weit wie möglich nach vorne zu ziehen, um mir eine Ersatzvorhaut zu basteln. Doch leider hatte ich keinen Bindfaden in der Tasche, so dass die Haut sofort wieder zurück rutschte. Ich war am Verzweifeln. A-

ber ich musste zurück zu Bianca, bevor sie Verdacht schöpfte. Sollte ich einfach „beichten", dass ich beschnitten war?
Da kam mir der rettende Einfall. Ich beschloss einfach so zu tun, als ob ich meine Vorhaut bewusst zurück geschoben hätte. Schließlich ließen die Lichtverhältnisse sowieso keine so genaue Betrachtung zu.
Mit einem Herzschlag, der nochmals um einiges höher war, ging ich zurück in Biancas Zimmer. Schnell bemühte ich mich, die Minuten meiner Abwesenheit nachzuholen. Ich setzte mich neben sie aufs Bett und schlang beide Arme sie:
„Du bist so wunderschön!", begann ich erneut.
Gleichzeitig streichelte ich ihr den Rücken und versuchte, ihren BH aufzuknöpfen.
„Zieh mich doch richtig aus!", flüsterte sie mir zu.
Während ich mich über diese Worte freute, spürte ich die Wärme ihrer Hand an meiner Jeans. Diesmal ließ ich sie meine Hose aufknöpfen, während ich sie ebenfalls langsam auszog. Ich konnte es nicht erwarten, ihre Hand auf meiner nackten Haut zu spüren. Das Herz schlug mir bis zum Hals, als sie endlich meine Eichelspitze berührte. Ob sie wohl etwas bemerken würde?
„Ich muss dir was sagen!" flüsterte ich.
„Na, sag schon!"
„Ich hab noch nie, verstehst du?"
„Aber das macht doch nichts! Deswegen musst du dich nicht schämen. Ich bin gern deine Erste!"
Noch bevor sie es ausgesprochen hatte, streichelte sie sanft meinen Penis. An ihren Augen sah ich, dass sie es in diesem Moment bemerkt haben musste. Ihre Reaktion ließ nicht lange auf sich warten.

„Du bist ja beschnitten!"
Diese Worte trafen mich wie ein Dolchstoß in den Rücken. Ich hatte mich also nicht getäuscht. Nun war es raus und es half kein Verstecken mehr.
„Bist du Türke?" fragte sie mit einem leichten Schmunzeln auf ihren Lippen.
Damals fand ich diese Frage höchst merkwürdig. Heute muss ich sagen, dass sie durchaus eine gewisse Berechtigung hatte. Schließlich war ich ein recht dunkler Typ und wirkte mit meinen Locken in der Tat ein bisschen wie ein Südländer.
„Aber nein!", sagte ich verständnislos.
„Warum bist du dann beschnitten?"
„Ich hatte eine Vorhautverengung", antwortete ich wahrheitsgemäß.
„Schade!"
„Findest du das schlimm?", fragte ich beschämt.
„Nein. Es ist nur so, dass ich dich so schlecht streicheln kann. Mit der Vorhaut kann man so schön spielen!"
Schon wieder hatte ich das Gefühl, anders zu sein, als andere Jungen. Ich traute mich nicht, irgendetwas zu sagen. Also griff ich hastig nach meinen Kleidern, um mich wieder anzuziehen.
„Tut mir Leid, dass ich dich enttäuscht habe!"
„Aber so war's doch gar nicht gemeint. Willst du nicht doch hier bleiben?"
„Nein, ich kann nicht. Nimm's mir nicht übel, bitte!"
Ohne mich noch einmal umzuschauen rannte ich aus dem Haus und ging zurück zur Disco.
„Du hast es vermasselt! Richtig vermasselt!", sagte ich zu mir selbst.
David erwartete mich schon ungeduldig.

„Und, hast du Erfolg gehabt?", fragte er neugierig.
„Ich will nicht darüber reden! Lass uns schauen, dass wir so schnell wie möglich wieder ins Internat zurück kommen, ehe man unser Verschwinden bemerkt!"
Obwohl es schon ziemlich spät war, fanden David und ich schnell eine Mitfahrgelegenheit in unsere Richtung. Der Fahrer, der uns mitnahm, ließ uns rund einen Kilometer vor der Abzweigung zum Internat raus. Das letzte Stück gingen wir zu Fuß. Irgendwann so gegen ein Uhr erreichten wir schließlich unseren Wohnbereich. Da das Tor abgeschlossen war, kletterten wir über die Mauer. Alles war ruhig und es schien uns niemand vermisst zu haben. Am nächsten Morgen erfuhren wir, dass unser Verschwinden tatsächlich nicht bemerkt worden war. Doch für mich blieb von diesem Abend lediglich die Erinnerung an eines der größten Desaster meiner gesamten Pubertät.

Barfuß

Die Monate vergingen und es ging mit Riesenschritten auf die Mittlere Reife zu. Dieses Mal freute ich mich noch mehr auf die Sommerferien als sonst, denn ich war zusammen mit allen anderen, die Englisch als Leistungskurs belegen wollten, zum USA-Austausch angemeldet. Doch vorher geschah etwas, das den Dingen eine völlig neue Dimension verlieh.
Wir hatten Sport, wobei Jungen und Mädchen grundsätzlich getrennt unterrichtet wurden. Es waren die letzten Wochen vor den Ferien. An jenem Tag war unser Sportlehrer, Herr Vogel, bei dem wir Jungen üblicherweise Unterricht hatten, erkrankt. Daher turnten Mädchen und Jungen an diesem Tag ausnahmsweise gemeinsam. Wir waren in unserer kleinen Halle und machten Gymnastikübungen. Die Halle durfte nicht mit normalen Turnschuhen, sondern nur mit Hallenschuhen mit glatter Sohle oder barfuß betreten werden. Ich bemühte mich stets, an meine Hallenschuhe zu denken, da ich nicht als „Turnbeutelvergesser" dastehen wollte. Doch an jenem Tag konnte ich meine Hallenschuhe einfach nicht finden. Also bleib mir nichts anderes übrig, als zum Sportunterricht Schuhe und Strümpfe auszuziehen. Außer mir machte nur Claudia barfuß mit. Sie war überzeugte Barfußläuferin und schien Schuhe generell für überflüssig zu halten. Sie erschien stets bloßfüßig zum Sportunterricht. Plötzlich fiel mir auf, dass David fehlte. Er hatte sich am Wochenende zuvor den Fuß verstaucht und war deshalb vom Sport befreit worden. Irgendwie fühlte ich mich plötzlich

allein. Ich sah an meinem Körper nach unten und spürte den Boden unter meinen nackten Füßen. In diesem Augenblick wurde mir bewusst, dass ich damit nicht nur der einzige Junge ohne Schuhe, sondern auch der einzige Beschnittene in der Gruppe war und dies bereitete mir irgendwie ein Gefühl der Einsamkeit. Als wir uns zu einer Übung auf den Bauch legen mussten, spürte ich deutlich, wie meine nackte Eichel durch den Druck vom Boden immer gereizter und mein Penis größer und größer wurde. Ich versuchte, das Gefühl zu verdrängen, als mir auffiel auf, dass Claudia zu mir herüber sah. Ob sie etwas bemerkte? Der Gedanke machte mir Angst, weshalb ich ihrem Blick unwillkürlich auswich. Es durfte einfach nicht sein, dass sie diese Peinlichkeit bemerkte. Bei Claudia kam es mir wirklich drauf an, denn sie mochte ich eben vom ersten Tag an von allen Mädchen am liebsten. Jetzt nur nicht auf den Rücken drehen, dachte ich bei mir, denn sie blickte immer wieder neugierig zu mir hinüber. Aber ich hatte Glück, und noch bevor wir wieder aufstehen mussten, hatte sich die Aktion in meiner Hose wieder gelegt.

Ich war heilfroh, als die Klingel mich erlöste und der Unterricht zu Ende war. Aber ich ließ mir reichlich viel Zeit. Während die anderen Jungen und Mädchen in ihre jeweiligen Duschräume strömten, räumte ich erst einmal in aller Ruhe meine Matte weg. Ich hasste das dichte Gedränge in überfüllten Duschräumen und irgendwie hatte ich immer noch einen Horror davor, bestimmten nicht beschnittenen Jungen unter der Dusche zu begegnen. Besonders galt dies an jenem Tag, weil David krank war. Als ich schließlich

den Duschraum betrat, waren die meisten meiner Klassenkameraden bereits dabei, ihre Klamotten wieder anzuziehen. Beruhigt drehte ich das Wasser auf und genoss es, das heiße Nass auf meinem Körper zu spüren. Inzwischen war ich ganz alleine im Duschraum. Auch im Umkleideraum war niemand mehr. Gerade wollte ich das Wasser noch etwas wärmer drehen, als ich plötzlich ein Geräusch im Umkleideraum vernahm.
Wer würde jetzt noch kommen? Etwa ein Lehrer? Oder hatte einer der Jungen was vergessen? Rasch griff ich nach meinem Handtuch und legte es um meine Hüften. Doch was ich im nächsten Augenblick sah, hätte ich mir in meinen kühnsten Träumen nicht vorstellen können.
„Hallo, Manuel!"
„Claudia!"
Ich war so überrascht, dass mir das Blut in den Adern zu stocken schien. Hastig versuchte ich mit meinem Handtuch einen möglichst großen Teil meines Körpers zu bedecken.
„Was tust du hier?"
„Ich habe dich gesucht!"
Sie grinste, während sie das sagte.
In diesem Augenblick rutschte ich mit meiner Hand ab und das Badetuch fiel auf meine Füße. Natürlich bückte ich mich sofort, um es wieder aufzuheben und meine Blöße zu bedecken, aber vergebens. Sie hatte bereits alles gesehen und grinste nur.
„Du hast doch nichts zu verbergen! Ich weiß, dass du beschnitten bist."

Beschnitten. Da war es wieder, dieses Wort, das mich ins Mark traf. Doch woher wusste sie es? Sie sah, wie ich rot wurde.
„Brauchst dich deswegen nicht zu schämen. Im Gegenteil. Ich find's viel schöner ohne!"
Ich kam mir vor wie in einem Traum. Noch nie hatte ich solche Worte in Bezug auf meine Beschneidung gehört. Viel zu sehr hatte ich immer das Gefühl, mich meiner nackten Eichel schämen zu müssen. Jetzt hörte ich diese erlösenden Worte - und auch noch von Claudia.
„Woher weißt du es denn?"
„Oh, Mädchen wissen so was!", sagte sie in einem selbstbewussten Ton. „Oder denkst du, wir unterhalten uns nicht über Jungs, genau so, wie ihr euch über uns Mädchen unterhaltet?"
Ich war fest davon überzeugt, dass Alex oder ein anderer aus seiner Clique damit geprahlt hatte, David und mich bei Duschen überrumpelt zu haben. Aber warum war Claudia so wild darauf, einen beschnittenen Penis zu sehen? Ob sie es wirklich ehrlich meinte? Vor noch nicht allzu langer Zeit hätte ich alles darum gegeben, mit Claudia nackt im Duschraum zu stehen. Endlich brachte ich den Mut auf, in ihr Gesicht zu sehen. Als ich das Lächeln auf ihren Lippen entdeckte, spürte ich förmlich, wie die Schamröte aus meinem Gesicht wich. Und mit einem Mal hatte ich nur noch Bewunderung und Faszination für Claudia. Ich sah an ihrem wunderschönen Körper herunter, als würde ich ihre Füße suchen. Obwohl ich sie schon so oft barfuß gesehen hatte, war mir, als würde ich die Schönheit ihrer Füße erst in diesem Augenblick erkennen. Ihre Füße waren so erotisch,

schlank, mit schmale Zehen und ganz feinen Äderchen über dem Spann. Der Anblick dieser Füße blieb nicht ohne Wirkung auf meinen unteren Körperbereich, was auch Claudia nicht verborgen blieb, worauf hin sie wieder grinsen musste, aber diesmal so, dass ich sicher war, mich dessen nicht schämen zu müssen. Ich grinste ebenfalls. Plötzlich bemerkte ich, dass sie richtig Gänsehaut hatte.

„Ist dir kalt? Komm doch hier unter das heiße Wasser, wenn du frierst", sagte ich nicht ohne Hintergedanken.

Sie legte ihr Badetuch ab und stellte sich völlig nackt neben mich unter Dusche. Mein Herz pochte, als wollte es jeden Moment zerspringen. Das war der mit Abstand erotischste Moment in meinem bisherigen Leben!

„Brauchst du das noch?", fragte sie mit Blick auf mein um die Hüften geschlungenes klatschnasses Handtuch. Und noch bevor ich ein Wort entgegnen konnte, hatte sie mein Badetuch ergriffen und auf den Boden geworfen. Jetzt standen wir uns völlig nackt gegenüber. Ich genoss den Anblick, das Wasser auf ihren wunderschönen nackten Körper nieder rauschen zu sehen. Ihre goldblonde Mähne wirkte auf mich wie das Haar einer Sonnengöttin.

„Du kannst mir gerne die Haare waschen, wenn du willst!"

Endlich. Noch hatte ich mich nicht getraut, sie zu berühren. Doch beim Klang dieser Worte nahm ich all meinen Mut zusammen und begann sie vom Kopf abwärts ganz vorsichtig zu streicheln. Jetzt berührte sie mich auch. Sanft glitten ihre Finger durch meine Haare und dann von meinem Hals abwärts bis

zu meinen Brustwarzen. Dort verweilten sie einen Augenblick, bis sie sich schließlich in Richtung meines Bauchnabels bewegten. Endlich!. Endlich geschah das, wonach ich mich in den letzten Jahren so sehr gesehnt hatte. Ihre Hände berührten meinen Penis und liebkosten meine nackte Eichel.
„Du darfst mich ruhig auch ein bisschen streicheln!", sagte sie leise.
„Hier hab' ich es am liebsten", flüsterte sie mir ins Ohr, während sie meine Hand behutsam zwischen ihre Beine führte.
Noch immer kam mir alles ganz unwirklich vor. Aber Claudia schien es sichtlich zu genießen. Wohl ahnend, dass eine Chance wie diese so schnell nicht wiederkommen würde, verschwendeten wir auch keinen Gedanken daran, dass irgendeine Aufsichtsperson zur Tür hereinkommen könnte. Es war für uns beide der erste „hautnahe" Kontakt mit dem anderen Geschlecht und wir hielten den Augenblick fest, solange wir konnten.
Erst als wir uns wieder angezogen hatten, realisierten wir, was geschehen war. Wir beschlossen, unser Geheimnis für uns zu behalten und niemandem davon zu erzählen.
Durch dieses schöne Erlebnis war die Vorfreude auf die Sommerferien und die bevorstehende USA-Reise noch um ein vielfaches intensiver für mich. Und obwohl wir nicht über das Stadium der „Handentspannung" hinausgegangen waren, hatte ich an diesem Tag das Gefühl, einen ganz wesentlichen Schritt in meiner sexuellen Entwicklung getan zu haben.

Amerika

Die Zeit vor meiner Abreise fand ich unglaublich spannend. Nach einem kurzen Aufenthalt bei meinen Eltern zu Beginn der Ferien ging es endlich los. Für mich, ebenso wie für die meisten, war es die erste Reise über den „großen Teich". An einem Dienstagmorgen im Juli des Jahres 1988 trafen wir uns auf dem Frankfurter Flughafen, um von dort direkt nach Los Angeles zu fliegen. Von unserer Klasse war rund die Hälfte dabei. Claudia und David flogen nicht mit, weil sie Englisch nicht als Leistungskurs gewählt hatten. Bei Claudia hatte ich ohnehin das Gefühl, dass sie mir seit unserem „Duscherlebnis" auswich. David allerdings fehlte mir. Ganz einfach deshalb, weil er mein bester Freund war. Als Betreuer begleiteten uns der Englischlehrer Herr Kleiner sowie Frau Kress, unsere Sportlehrerin.
„Wenn sie anrufen, denken sie bitte an die Zeitverschiebung von neun Stunden!", waren die letzten Worte von Herrn Kleiner an unsere Eltern. Und damit begaben wir uns zu unserem Ausgang. Nachdem unser Handgepäck durchleuchtet und auf Herz und Nieren geprüft worden war, dauerte es nicht mehr lange, bis wir das Flugzeug besteigen konnten.
„Ich sitze hier drüben, falls irgend etwas sein sollte!", war das Einzige, was wir den ganzen Flug über von Herrn Kleiner hörten. Aber wir waren nicht gerade traurig darüber. Ich lehnte mich entspannt zurück und zog den Kopfhörer meines Walkman auf. Dann schloss ich die Augen und stimmte mich auf „Sunny California" ein.

Obwohl der Flug elf Stunden dauerte, verging die Zeit sehr schnell. Nach dem Essen gab es zunächst ein paar Filme zu sehen. Außerdem hatte ich mir kurz vor dem Abflug noch ein englisches Buch gekauft, falls ich Lust auf Lesen verspüren sollte. Bald gesellte sich eine Gruppe Münchener Schüler zu uns, die ebenfalls auf dem Weg zu einem Schüleraustausch waren. Wir unterhielten uns über die Schule, unsere Lehrer usw. Und ehe wir uns versahen, hieß es schon wieder „Anschnallgurte schließen, wir befinden uns im Anflug auf Los Angeles!"

Nach der Landung fuhren wir noch rund eine Stunde mit dem Bus zu einem Treffpunkt in der Nähe von Pasadena, wo jeder von seiner Gastfamilie abgeholt wurde. Danach ging es dann in privaten PKWs weiter zur jeweiligen Unterkunft. In jeder Familie war nur ein Austauschschüler untergebracht. Damit sollte gewährleistet sein, dass alle ausschließlich englisch sprachen. Meine Gastfamilie bestand aus zwei geschiedenen Frauen Mitte dreißig, die zusammen ein typisch kalifornisches Einfamilienhaus bewohnten, das einem Europäer wie der pure Luxus vorkam. Einziger Wermutstropfen war, dass das Haus keinen Swimmingpool hatte. Aber dafür gab es einen in der unmittelbaren Nachbarschaft, den ich mit benutzen durfte.

Als ich zum ersten Mal mein Zimmer sah, war ich zunächst sehr überrascht darüber, wie gut man sich offenbar auf meinen Besuch vorbereitet hatte. Überall hingen Luftballons mit der Aufschrift „Welcome".

Viel Zeit blieb mir nicht, um meine Sachen auszupacken. Ich hatte mich gerade ein bisschen frisch ge-

macht, da wurde auch schon das Abendessen serviert. Ich spürte, dass ich sehr müde wurde. Zwar war es noch früh am Abend, nach deutscher Zeit jedoch schon tiefe Nacht. Kurz bevor mir die Augen zuzufallen drohten, durfte ich mich glücklicher Weise verabschieden. Trotz der Aufregung schlief ich in meiner ersten Nacht sofort ein.
Am nächsten Morgen überhörte ich erst mal meinen Wecker, sodass ich schließlich von meiner „Gastmutter" Jane geweckt wurde.
„Es ist schon zwanzig vor neun! Um halb zehn beginnt der Unterricht!", waren ihre Worte.
Sofort war ich hellwach. Nach einem kurzen amerikanischen Frühstück mit Speck und Eiern machte ich mich auf den Weg zum Unterrichtsraum. Es war eine Strecke von vielleicht zehn Minuten. Hier trafen sich alle Austauschschüler inklusive unseres Englischlehrers. Jeden Tag hatten wir drei Stunden Unterricht, der sich in jeweils eine Stunde Landeskunde, Literatur und Grammatik gliederte.
„Ich hoffe, ihr seid alle gut untergekommen!", begrüßte uns Herr Kleiner.
Niemand widersprach. In der Tat schienen alle ganz zufrieden zu sein. Viele waren sogar in Häusern mit eigenem Swimmingpool untergebracht. Das Einzige, was alle nervte, war die Tatsache, dass die Teilnahme am Unterricht Pflicht war. Allerdings wurde das Ganze relativ locker gesehen, weil letztlich der Spaß bei Weitem im Vordergrund stand. Schnell war es halb eins und der „erste Schultag der Ferien" war damit schon vorbei. Zusammen mit Timo und Anna, die bei mir um die Ecke wohnten, machten wir uns

auf den Heimweg. Anna wohnte direkt gegenüber und hatte einen Swimmingpool im Garten.

„Wollen wir nicht alle zusammen 'ne Runde bei mir schwimmen gehen?", fragte sie, wobei sie sich schon dachte, dass wir diese Einladung bei so prächtigem Wetter kaum ausschlagen würden.

„Gute Idee, ich gehe nur schnell zu mir 'rüber und hole meine Badehose", gab ich zurück.

Timo trug ohnehin immer eine Badeshorts unter seiner Jeans, so dass die Entscheidung schnell gefallen war.

„Ich finde das doof, dass die Teilnahme am Unterricht Pflicht ist!", begann Timo, als wir im Pool waren. Natürlich konnten wir da nur beipflichten. Aber irgendwie störte es uns nicht wirklich. Drei Stunden am Tag waren schließlich auszuhalten, zumal die Möglichkeiten hinsichtlich der Freizeitgestaltung im Anschluss an den Unterricht sehr vielfältig waren. Aber zunächst einmal freuten wir uns alle auf die „Welcome Party", die am Abend steigen sollte.

Nachdem wir uns ausreichend abgekühlt und erfrischt hatten, machten wir uns auf den Heimweg. Schließlich konnten wir es kaum erwarten, auf die Willkommensfete zu gehen.

Als ich mit meinen beiden Gastmüttern ankam, waren die meisten meiner Mitschüler mit ihren „Familien" bereits dort. Die Veranstaltung fand bei herrlichen äußeren Bedingungen natürlich im Freien statt. Alle hatten Picknickkörbe mit reichlich fester und flüssiger Nahrung dabei. Jane hatte Hühnchen und Kartoffelchips mitgebracht. Irgendwie lief die ganze „Welcome Party" darauf hinaus, dass alle ihren mitgebrachten Proviant aufaßen und sich im Übrigen damit begnügten, gar nichts zu tun. Etwas enttäuschend und langweilig - entsprechend früh waren wir wieder zuhause.

Am nächsten Morgen fiel mir das Aufstehen schon bedeutend leichter. Der „Jetlag" war endgültig überwunden. Der Tag lief, wie die gesamte erste Woche, nach dem gleichen Schema ab. Morgens drei Stunden Unterricht und die Nachmittage zur freien Verfügung. Da jeden Tag die Sonne schien, trafen wir uns regelmäßig bei Anna zum schwimmen. Die Abende verbrachten wir meistens mit unseren jeweiligen Gastfamilien.

Nacktbaden

Ein paar Tage später feierten wir unsere erste richtige Party. Annas Gasteltern stellten uns dafür ihren Garten zur Verfügung. Eingeladen waren außer unserer Klasse alle Jungen und Mädchen aus den Gastfamilien. Es gab reichlich zu essen und zu trinken und natürlich die passende Musik. Alkohol war allerdings tabu, denn das war in Kalifornien damals wie heute erst ab einundzwanzig Jahren erlaubt. Uns kümmerte das wenig, da wir ganz andere Dinge im Kopf hatten. Das Wichtigste war, dass wir die Party zuvor zur „elternfreien Zone" erklärt hatten. Somit fühlten wir uns richtig frei. Ich kam erst ein wenig später dazu, dafür jedoch in netter Begleitung. Die Tochter der Nachbarfamilie leistete mir Gesellschaft. Sie hieß Jenny, war so alt wie ich und sah super aus. Die schwarzen Haare unterstrichen ihre rassige, südamerikanische Erscheinung. Ihre Großeltern waren einst aus Mexiko eingewandert. Im Grunde hätte ich gar nicht auf die Party zu gehen brauchen, weil ich mich sowieso nur für sie interessierte. Wir blieben zunächst ein Weilchen im Garten und unterhielten uns. Etwas später, als die Musik ein bisschen langsamer wurde, fasste ich mir ein Herz und forderte sie zum Tanzen auf. Es war das erste Mal, dass ich ihren Körper dicht an meinem spürte und ich genoss diesen Augenblick, was nicht ganz ohne Wirkung blieb. Auch ihr schien dies keineswegs unangenehm zu sein, denn ich sah das Funkeln in ihren dunklen Augen.

„Soll ich uns was vom Grill besorgen?", fragte ich, weil mir gerade nichts Besseres einfiel.
„Aber ja!"
Nachdem wir uns erst einmal gestärkt hatten, trudelten nach und nach immer mehr Gäste ein, was auch die Stimmung hob. So gegen halb eins war dann nur noch ein „harter Kern" von zehn Personen übrig. Außer Jenny und mir hielten noch vier Mädchen und vier Jungen aus.
„Wie wäre es jetzt mit einem Mitternachtsschwimmen?", fragte Jenny plötzlich.
Ich stutzte einen Augenblick, denn damit hatte ich nicht gerechnet.
„O ja, tolle Idee!", warf Jack sogleich ein, ohne, dass einer von uns noch etwas Gegenteiliges hätte sagen können.
Zunächst konnte ich mich nicht so recht dafür begeistern. Denn da niemand seine Badesachen dabei hatte, konnte die Poolparty schließlich nur eins bedeuten, nämlich nackt zu baden. Dabei war mein erster Gedanke natürlich mein beschnittener Penis. Doch dann fiel mir ein, dass außer mir alle anderen Amerikaner waren, und die waren angeblich sowieso alle beschnitten. Folglich würde meine nackte Eichel ja gar nicht weiter auffallen.
Noch bevor ich etwas entgegnen konnte, fing Jenny auch schon an, sich auszuziehen. Sie drehte sich um, so dass wir umstehenden Jungen sie nur von hinten sehen konnten. Dann zog sie ihr Oberteil aus und warf es in hohem Bogen von sich. Mit zwei eleganten Tritten entledigte sie sich ihrer Sandalen und ging geradewegs auf den Swimmingpool zu. Sie war jetzt nur noch mit ihrem Slip bekleidet. Ich hatte den Ein-

druck, als würde außer mir niemand groß Notiz von ihr nehmen, doch bevor Jenny den Beckenrand erreicht und sich komplett ausgezogen hatte, begannen die übrigen Mädchen und Jungen, wie auf Kommando ihrem Beispiel zu folgen. Ohne weiter darüber nachzudenken, tat ich es ihnen nach. Schließlich wollte ich nicht der Letzte sein. Also beeilte ich mich, meine Klamotten los zu werden, legte meine Sachen an den Beckenrand und sprang kopfüber in den Pool. Jenny war bereits im Wasser, die anderen folgten. Alle waren völlig nackt, niemand hielt es für nötig, schamhaft den Slip anzubehalten. Es machte riesigen Spaß. Vielleicht auch deshalb, weil ich wusste, dass alle Jungen wie ich beschnitten waren, und ich mich nicht als Außenseiter fühlte. Vorsichtig näherte ich mich Jenny. Keine dreißig Sekunden später berührten sich unsere nackten Körper. Es war einfach ein wunderbares Gefühl. Doch gerade als ich mich ihr richtig zuwenden wollte, wurden wir versehentlich von einem der übrigen Badegäste recht unsanft angerempelt.

„Man müsste auf einem Bahnhof sein, da stören die vielen Leute überhaupt nicht!", lachte Jenny.

„Jenny, wollen wir dann nicht lieber irgendwo hingehen, wo wir ungestört sind?", fragte ich, nachdem wir wieder draußen waren und uns abgetrocknet hatten.

„Wir können zu mir. Meine Eltern sind nicht zuhause!"

Natürlich war ich einverstanden. Der Gedanke war einfach verlockend. Zu Fuß machten wir uns zu ihr auf den Weg. Im Haus war in der Tat alles dunkel,

was mich beruhigte, denn ich hatte richtig Angst davor, jemandem aus ihrer Familie zu begegnen.
Sie ergriff meine Hand und führte mich geradeswegs in ihr Zimmer. Ich war sehr aufgeregt, was sie als nächstes tun würde. Sie zog ihre Schuhe aus und beobachtete mich, wie ich ihr dabei zusah. Dann setzte sie sich neben mich und lächelte mich an.
„Hast du eigentlich eine Freundin in Deutschland?"
„Keine feste. Und du, hast du einen festen Freund?"
„Nein "
„Du hast so schöne Augen!", sagte ich lächelnd.
„Und ich liebe deine Locken", sagte sie, während ihre Hände über meinen Kopf streichelten.
Dann zogen wir uns gegenseitig aus. Bis auf meine Boxershorts war ich völlig nackt. Auch sie trug nur noch ihren Slip. Während ich ihre Brüste liebkoste, glitt ihre Hand unter meine Shorts. Da fühlte ich, dass es Zeit war, ihr eine Frage zu stellen, die mich schon lange beschäftigte.
„Stimmt es eigentlich, dass hier alle Jungs beschnitten sind?"
„Ja, natürlich".
„Warum tun sie das?"
„Weil es sauberer ist!"
Während sie diese Worte sprach fielen gerade meine Shorts zu Boden, so dass sie meinen Penis sehen konnte.
„Du bist doch auch beschnitten!", hielt sie mir entgegen.
„Ja", antwortete ich, diesmal zur Abwechslung nicht mit dem sonst mir eigenen verschämten Blick.

Dabei wirkte sie kein bisschen überrascht. Ob sie gar nicht wusste, dass in Europa Beschneidungen nicht routinemäßig durchgeführt wurden?
Irgendwie war es diesmal anders. Sie behandelte mich einfach, als wäre eine Beschneidung die normalste und selbstverständlichste Sache der Welt. Und genau das unterschied sie von Claudia, die mir damals zu verstehen gegeben hatte, meinen beschnittenen Penis deshalb zu mögen, weil er etwas Außergewöhnliches war.
„Warum denkst du darüber überhaupt nach?"
„Weil, weil … Es ist so, dass bei uns in Deutschland kaum ein Junge beschnitten ist!"
„Wirklich nicht? Kann ich gar nicht glauben!"
„Ist aber so."
„Und wieso nicht? Ist doch total unhygienisch und viel schwerer sauber zu machen."
„Aber deshalb einfach die Haut gleich wegschneiden? Ich meine, es fehlt doch schließlich was."
„Also ich find's gut! Und unsere Jungs, glaub' ich, auch. Habe jedenfalls noch keinen getroffen, der sich eine Vorhaut gewünscht hätte. Im Gegenteil! Ich glaube ein Junge würde sich eher schämen nicht beschnitten zu sein!"
„Aber warum denn das?"
„Weil hier bei uns eine Vorhaut als unhygienisch gilt. Mein kleiner Neffe sagte neulich zu mir, dass bei ihm im Kindergarten ein Junge mit ihm gespielt hat, der nicht beschnitten war und deshalb von allen anderen Jungs gehänselt wurde."
Was für eine verkehrte Welt, dachte ich bei mir. Aber ich freute mich darüber und spielte bereits mit dem Gedanken nach Amerika auszuwandern.

Schließlich würde mein beschnittener Penis hier gar nicht auffallen.

„Aber jetzt lass es gut sein!", sagte Jenny leise, aber bestimmt. „Ich find' dich süß, mit oder ohne Vorhaut!"

Während sie diese Worte sprach, glitten meine Hände ganz zart über ihre Brüste. Ihr schien dies große Lust zu bereiten und im Nu waren wir beide komplett ausgezogen und liebten uns zärtlich. Es war erst mein zweites Erlebnis überhaupt - und mein erstes mit einer Amerikanerin. Es war wunderbar. Das Beste aber war die Tatsache, dass beschnittene Jungen für sie etwas völlig Normales waren.

Ein Wochenende später bekam ich frei, um meine Verwandten zu besuchen. Eine Schwester meines Vaters, die nach dem Krieg nach USA ausgewandert war, lebte mit ihrer Familie in Südkalifornien. Ich hatte sie zuletzt als Kind während eines Deutschlandaufenthaltes gesehen, bzw. überhaupt erst kennen gelernt. Natürlich freute ich mich sehr darauf, sie wieder zu sehen. Sie war mir einem Amerikaner verheiratet gewesen, der inzwischen verstorben war, und hatte vier Söhne. Bei diesem Besuch wurde mir klar, dass Jenny mit dem, was sie mir über Beschneidungen erzählte, keineswegs übertrieben hatte. Nach einem Schwimmbadbesuch duschten wir anschließend in einem Gemeinschaftsduschraum. Alle vier waren beschnitten und zwar radikal. Es war das erste Mal seit meiner Beschneidung, dass ich mir in einer Gemeinschaftsdusche nicht wie ein Exot vorkam.

Die schönen Wochen in USA neigten sich allmählich dem Ende, doch die letzten Tage vor unserem Rückflug erwartete uns noch ein besonderes Ereignis,

nämlich die Reise nach San Franzisko. Wir waren alle ziemlich aufgeregt. Denn schließlich kannte jeder von uns diese Stadt zur Genüge aus dem Fernsehen, ohne freilich jemals dort gewesen zu sein. Wir erreichten die City an einem Freitagnachmittag gegen 17 Uhr. Natürlich schoss ich noch vom Bus aus ein Foto von der „Skyline".
„Ist das hier die Absteige?", fragte Benno, als der Bus anhielt.
„Das ist das Motel, in dem wir wohnen", berichtete Herr Kleiner streng und stellte sofort die Regeln klar. „Um 22.00 Uhr seid ihr alle auf euren Zimmern!"
Niemand beschwerte sich. Denn schließlich war das schon eine erhebliche Verbesserung gegenüber dem Internat.
Am nächsten Morgen besichtigten wir die Sehenswürdigkeiten der Stadt, wozu natürlich die Golden Gate Bridge gehörte. Keiner von uns konnte es erwarten, die Brücke zu fotografieren.
Wir alle fanden die Tage in San Franzisko reichlich „cool". Tagsüber Stadtbesichtigung und abends Party auf dem Zimmer, natürlich mit alkoholfreiem Bier. Wobei es mir damals schon seltsam vorkam, dass für den Konsum alkoholischer Getränke die Altersgrenze von einundzwanzig Jahren galt, man andererseits aber schon mit achtzehn Schusswaffen kaufen durfte. Aber all das kümmerte uns wenig. Jedenfalls ließen wir uns den Spaß durch das Alkoholverbot nicht verderben. Vor allem an unserem letzten Abend in San Franzisko, der zugleich der letzte Abend in den USA war, wurde eine richtig heftige „Farewell-Party" gefeiert. Manche von unserer Gruppe, ich eingeschlossen, hatten bei dem Gedan-

ken an den Rückflug nach Deutschland Tränen in den Augen. Richtig nachdenklich wurde ich, als ich am nächsten Tag im Flugzeug saß und mir mitten über dem Atlantik die Frage stellte, weshalb mit einem in meinen Augen so wichtigen Thema wie der Beschneidung in den USA so komplett anders umgegangen wurde, als in Europa. Einerseits beneidete ich meine Geschlechtsgenossen jenseits „des großen Teiches" darum, als Beschnittene keine Außenseiter zu sein, andererseits fragte ich mich, ob man die Beschneidung nicht ganz abschaffen sollte. Dieser Gedanke sollte mich noch lange nach unserer Landung in Frankfurt beschäftigen.

Der „Eierkontrollgriff"

In den nächsten beiden Jahren passierte, vom normalen Internatsalltag abgesehen, nicht allzu viel. Doch dann ereilte mich schließlich, was allen Jungen blühte. Kurz nach meinem achtzehnten Geburtstag flatterte mir, ebenso wie den übrigen Jungen dieses Alters, der Bundeswehrmusterungsbescheid ins Haus. Von meinen älteren Freunden hatte ich bereits gehört, wie die Untersuchung ablief. Das böse Wort vom EKG, dem so genannten „Eierkontrollgriff", machte die Runde. Natürlich wusste ich, dass man um die Musterung nicht herum kam.
„Wenn du nicht gehst, holen sie dich!", hatte mir einer der Jungen aus der Klasse über mir mitgegeben. Also brach ich morgens schon sehr früh auf, um mich streng nach Vorschrift „nüchtern zu einer militärärztlichen Untersuchung vorzustellen".
„Mit dem heutigen Tag unterliegen Sie der Wehrüberwachung", begann ein jung gebliebener Mittfünfziger die Begrüßungsrunde.
‚Ja, quatsch du mal', dachte ich mir und versuchte, die Sache von der humorvollen Seite zu sehen. Ich hatte mir damals noch überhaupt keine Gedanken zum Thema Bundeswehr gemacht. Natürlich wusste ich, dass die meisten meiner Kumpels verweigern würden. Irgendwie gehörte es damals dazu, dass man verweigerte. Es war so eine Art unausgesprochene Selbstverständlichkeit. Darüber wurde im Internat nie diskutiert. Aber ich wollte mich zu diesem Zeitpunkt noch nicht endgültig festlegen.
Dann wurde ich zum Einzelgespräch hinein gerufen.

„Name?"
„Manuel Fischer"
„Geburtsdatum?"
„2. September 1971"
„Haben sie noch einen Zwillingsbruder?"
„Nein!"
„Gut. Sie gehen jetzt nach nebenan und ziehen sich bis auf die Unterhose aus. Sie werden dann zur Untersuchung aufgerufen."
Im besagten „Nebenraum" befanden sich schon mindestens zehn andere Jungen. Alle saßen nur mit Slip bzw. Boxershorts bekleidet da. Dann fing jemand an, Witze zu erzählen. Es war das Beste, was man in dieser Situation tun konnte. Bei dem Versuch, das Ganze Ernst zu nehmen, hätte man vermutlich über sich selbst lachen müssen. Also lachten wir lieber über die Bundeswehr und über die Tatsache, dass es so was Albernes wie eine Musterung überhaupt gab.
Nach etwa 20 Minuten wurde ich aufgerufen. Zunächst musste ich auf die Toilette und eine Urinprobe abgeben. Anschließend wurde ich in das Untersuchungszimmer gerufen. In dem Raum befand sich außer einer Ärztin noch eine Protokollführerin. Zunächst ging es um meine Fitness.
„Zehn Kniebeugen, können wir darüber reden?"
„Aber klar, wenn's weiter nichts ist!"
Nachdem sie mir den Blutdruck gemessen und den Wert in meine Akte notiert hatte, arbeitete sie mit mir einen Fragenkatalog ab, wobei ich, fast nackt, vor ihrem Schreibtisch stand.
„Lag bei ihnen eine der folgenden Krankheiten vor?"

Zunächst konnte ich alle Fragen verneinen. Doch dann kam, wie könnte es anders sein, der wunde Punkt.

„Hatten sie mal eine Harnwegsinfektion, eine Hodenentzündung oder eine Vorhautverengung?"

„Eine Vorhautverengung."

„Ist das operiert worden?"

„Ja."

„Gut!"

Sie sagte das mit einem Tonfall, als ob jemand mit einer Vorhautverengung in der Bundeswehr absolut undenkbar wäre.

„Dann kommen sie bitte zur Untersuchung zu mir herüber!"

Nachdem sie mich abgehört hatte, forderte sie mich auf, meinen Slip herunter zu lassen. Dann betastete sie meine Hoden. Warum hatte ich eigentlich das „Glück", immer von Frauen an meinen „edlen Teilen" untersucht zu werden?

„Ich weiß, das ist unangenehm, aber es geht um Hodenkrebs, bei jungen Männern leider eine der häufig vorkommenden Krankheiten. Sollte ich etwas Auffälliges entdecken, könnten wir sofort nachschauen. Das Ultraschallgerät steht gleich nebenan!"

Also ließ ich es - mal wieder - einfach über mich ergehen.

„Jetzt schaue ich mir die Öffnung der Eichel noch an!", sagte sie, nachdem sie mit meinen Hoden fertig war.

„Penis in Zustand nach Zirkumzision okay!" gab sie abschließend zu Protokoll.

Und damit durfte ich mich wieder anziehen. Ich nahm erneut im Wartezimmer Platz und wurde schließlich nach einer weiteren halben Stunde zur Bekanntgabe meines Ergebnisses aufgerufen. Ich war „tauglich 2", was mich nicht wirklich überraschte, denn schließlich waren fast alle Jungen, die ich kannte, „tauglich 2". Konkret bedeutete dies, dass ich, von ein paar Kleinigkeiten abgesehen, gesund und für die meisten Einsätze zu gebrauchen war. Deshalb musste ich damit rechnen, nach dem Abitur eingezogen zu werden. Also ging ich ins Internat zurück und berichtete den anderen von meinem „Erlebnis" Bundeswehrmusterung. Danach verging die Zeit immer schneller und das Abitur rückte näher. Als schriftliche Prüfungsfächer hatte ich Englisch, Geschichte und Biologie gewählt. Die ganze Zeit über war ich relativ ruhig. Erst wenige Tage vorher geriet ich, in einen ausgesprochenen „Ausnahmezustand". Aber am Tag der ersten Prüfung, es ging mit Englisch los, kam ich auf folgende Idee: Ich versetzte mich einfach dreißig Jahre in die Zukunft. Dabei malte ich mir aus, wie ich am Frühstückstisch sitzen und meiner Tochter erzählen würde, heute vor genau dreißig Jahren Abitur geschrieben zu haben. Ich weiß nicht, weshalb ich wie selbstverständlich davon ausging, dass ich eines Tages eine Tochter und nicht etwa einen Sohn haben würde. Auf jeden Fall wirkte es. Meine Aufregung wich sofort einer gewissen Gelassenheit. Das brachte mich schließlich ohne große Aufregung durch alle Prüfungen. Seitdem habe ich diese Methode in Stresssituationen mehrfach praktiziert und jedes Mal mit Erfolg.

Nachdem ich das Abitur in der Tasche hatte, kehrte erst einmal ein wenig Ruhe ein. Unmittelbar nach der letzten Prüfung fuhr ich zu meinen Eltern. Dort ver-

brachte ich die ersten Tage nur mit Ausschlafen und Lesen. Eine Weile hielt ich das aus. Doch dann wurde es mir zu langweilig, und so suchte ich mir einen Aushilfsjob als Kellner in einem nahe gelegenen Restaurant, um mir ein wenig Geld zu verdienen.
Einen Monat später rief dann bereits das Vaterland zum Dienst. An einem Sonntagnachmittag hatten wir uns in der Kaserne einzufinden. Nachdem wir unsere Bettwäsche ausgehändigt bekommen hatten, mussten wir uns auf die „Stube" begeben. Das Wort „Zimmer" durfte man natürlich nicht in den Mund nehmen. Wobei mir bis heute nicht klar ist, warum eigentlich nicht.
Um 5.10. Uhr am nächsten Morgen hieß es dann „Aufstehen!" Dass es bei der Bundeswehr nicht gerade einen zarten Weckdienst gibt, war mir aus Erzählungen bekannt, aber ich fragte mich, weshalb man derart brüllen musste - als ob alle Rekruten schwerhörig seien. Doch bevor ich den Gedanken zu Ende denken konnte, musste ich mich rasieren und zum Frühstück hetzen. Danach war als erstes mal wieder eine medizinische Untersuchung angesagt. Es war im Prinzip wie bei der Musterung, nur etwas ausführlicher. So kam noch eine Blutuntersuchung zur Blutgruppenbestimmung dazu.
Die nächsten Wochen standen ganz im Zeichen der Grundausbildung. Irgendwie kam mir das ganze reichlich albern und überflüssig vor. Schließlich war der kalte Krieg inzwischen einer Phase der Entspannung gewichen und im Zeichen der Politik Michail Gorbatschows geriet das Feindbild vom Osten mehr und mehr ins Wanken. Aber ich brachte schließlich auch diese Zeit hinter mich. Dabei dachte ich oft an

den Tag meiner Musterung. Vor allem dachte ich dabei an den Gesichtsausdruck der Ärztin, als sie mich fragte, ob meine Vorhautverengung auch operiert worden, sprich ob ich auch ja beschnitten sei. Bis heute ist mir nicht klar, weshalb eine enge Vorhaut in der Bundeswehr ein derart großes Problem zu sein schien. Als ich das Buch *„Gottes Werk und Teufels Beitrag"* von John Irving las, stolperte ich ebenfalls über die Stelle, an der alle Jungen auf der Neugeborenen Station grundsätzlich beschnitten wurden, weil der Arzt Dr. Larbsch im ersten Weltkrieg „Probleme bei Soldaten", was auch immer das heißen mag, erlebt hatte, die nicht beschnitten waren.
Schließlich verließ ich die Bundeswehr, ohne eine Antwort auf diese Frage gefunden zu haben.
Nach Ende meiner Bundeswehrzeit zog ich zunächst zum Studium nach Heidelberg. Über mein Studienfach hatte ich nicht lange nachdenken müssen. Seit ich ein kleiner Junge war, wollte ich Anwalt werden. Wenn ich heute darüber nachdenke, was letztendlich den Ausschlag gegeben hat, muss ich, so albern es auch klingen mag, bekennen, dass es der Film „Zeugin der Anklage" gewesen ist. Ich sah diesen Film im Alter von zehn Jahren zum ersten Mal. Freilich war das ein Alter, in dem Filme wie dieser für mich eigentlich noch tabu waren. Aber bei „Zeugin der Anklage" wurde eine Ausnahme gemacht. Dies hing damit zusammen, dass mein Vater damals dafür plädierte, dass dieser Film von der ganzen Familie gesehen werden sollte. Er selbst hatte ihn seiner Zeit im Kino gesehen, ein wahrer Kassenschlager in den 1950er Jahren. Auf jeden Fall war es für mich der mit Abstand spannendste Film, den ich bis zu die-

sem Zeitpunkt gesehen hatte. Noch heute halte ich ihn für einen der besten Gerichtsfilme, die je gedreht wurden. Und ich sage dies ganz bewusst, angesichts der riesigen Konkurrenz, hervorgerufen durch unzählige Grisham-Verfilmungen, die zu einer regelrechten Renaissance von Justizdramen in den 90-iger Jahren führte.

Vielleicht war es aber auch einfach das befriedigende Erlebnis, einem Menschen seine Rechte gegenüber dem Staat und zu erklären, das die Faszination des Berufes für mich ausmachte. In jedem Fall wollte ich einen Beruf ergreifen, der es mir ermöglichte, für Menschen einzutreten, deren Rechte mit Füßen getreten werden.

Ein Kind

Es war dieser verdammte Tag. Ich befand mich in der Endphase meines Studiums, als es mich knüppelhart erwischte. Annie, meine langjährige Freundin, hatte mich von einem Tag auf den anderen verlassen. Sechs Jahre waren wir zusammen gewesen. Ein paar Monate zuvor hatten wir bereits das Hotel ausgesucht, in dem wir unsere Hochzeit feiern wollten und jetzt das. „Ich liebe dich nicht mehr!", war alles, was ich als Begründung hörte. Nächtelang lag ich wach und stellt mir wieder und wieder die Frage nach dem Warum, ohne freilich eine Antwort zu finden. Ich fühlte mich, als sei ein Stück aus mir herausgerissen worden. Eigentlich hatte ich überhaupt keine Lust auszugehen, aber Andreas, ein guter Freund, hatte mich eingeladen. Wir kannten uns seit dem Beginn des Studiums. Er war zwei Semester über mir und hatte gerade das Examen bestanden, weshalb er all seine Freunde zu einer großen Fete eingeladen hatte. Ich selbst stand ebenfalls kurz vor meinem Staatsexamen. Eigentlich hätte ich lernen müssen, aber wegen der Sache mit Annie war daran nicht zu denken. Also entschloss ich mich, zur Party zu gehen, schon um Andreas zu gratulieren.
„Schön, dass du gekommen bist Manuel! Ich weiß ja, dass du selbst im Examensstress steckst!"
„Stimmt, ich darf überhaupt nicht daran denken. Mittlerweile zähle ich schon nicht mehr die Tage, sondern die Stunden!"
„Ja, das ist eine beschissene Zeit!"

„Du Glücklicher, dass du diesen Mist hinter dir hast!"
„Aber ich kann dich trösten. Ich weiß zwar nicht, ob es ein Leben nach dem Tod gibt, in jedem Fall aber gibt es ein Leben nach dem Examen! Übrigens das ist Martina, eine Freundin meiner Schwester Maike."
„Hallo, ich bin Manuel!", sagte ich und hielt ihr meine Hand hin.
„Und du studierst auch Jura, wie Andreas?"
„Ja, nur dass ich mein Examen noch nicht habe", antwortete ich leicht frustriert.
Martina war, wie ich, fünfundzwanzig und hatte gerade ihr Diplom als Biologin gemacht, Sie gefiel mir auf Anhieb.
„Aber nächsten Monat ist es schon soweit!", sagte ich, mich sogleich rechtfertigend.
„Und du bist trotzdem hier. Das finde ich ja stark!"
„So lange werde ich aber nicht bleiben können. Muss morgen um acht wieder am Schreibtisch sitzen."
„Aber klar. Das verstehe ich doch. Ich weiß doch, bei euch ist das Examen so, dass man ein Jahr vorher von der Welt verschwinden muss!"
Martina war etwas kleiner als ich, brünett und hatte kastanienbraune Augen. Sie lebte in Scheidung und war bereits Mutter eines Sohnes. Sie war noch sehr jung, als sie geheiratet hatte. Natürlich war es gegen den Wunsch ihrer Eltern gewesen.
„Kinder sind etwas Wunderbares!", sagte ich während ich in eine Schüssel mit Salzstangen griff. „Und wie alt ist dein Junge?"
„Er wird fünf, nächsten Monat."
„Oh, da bist du aber jung Mutter geworden, alle Achtung. Das ist ja heutzutage relativ selten."

„Stimmt. Darüber bin ich auch sehr froh. Ich wollte immer eine junge Mutter sein. Nichts find' ich schlimmer als Eltern, die mit ihren Kindern nicht mehr auf einen Nenner kommen, weil sie schlicht und einfach schon zu alt sind."
Irgendwie fand ich, dass sie damit gar nicht so Unrecht hatte. Schließlich wusste ich, was sie meinte, waren meine Eltern doch deutlich älter gewesen, weshalb ich bei ihnen häufig das Gespür für die Probleme meiner Generation vermisste.
„Was hältst du davon, in den nächsten Tagen mal zusammen einen Kaffee trinken zu gehen?", fragte ich und rechnete vorsichtshalber gar nicht unbedingt mit einer Zusage.
„Gute Idee! Wie wäre es am Wochenende? Wir könnten doch auch ins Kino. Ich würde so gerne ‚Sleepers' sehen."
„Ja, ich gehe samstags auch gerne ins Kino, um mich ein bisschen abzulenken und wenigstens einmal die Woche 'raus zu kommen."
„Also, abgemacht. Dann lass uns in den nächsten Tagen noch mal telefonieren."
„Was ist los, Manuel, willst du etwa schon gehen?", fragte Andreas, als er mitbekam, dass wir zum Abschied unsere Telefonnummern austauschten.
„Ja. du weißt doch. Ich bin nur gekommen um dir zum Examen zu gratulieren. Aber ich muss los. Schließlich will ich ja auch mal irgendwann hier sitzen und feiern. Also tschüss, macht's gut!", sagte ich, verabschiedete mich von allen und machte mich auf den Heimweg.
Schon am nächsten Tag rief mich Martina an. Wir verabredeten uns für den kommenden Samstag zum

Kino. Nach dem Film beschlossen wir noch in die Stadt zu gehen, um etwas zu trinken. Zum ersten Mal konnten wir uns ganz ungestört unterhalten. Sie erzählte vom Studium, ihrer gescheiterten Ehe und ihrem jetzigen Leben als Single. Ich bewunderte sie dafür, wie gut sie als allein erziehende Mutter zurecht kam.

„Und wo ist dein Junge jetzt?", fragte ich.

„Benjamin ist gerade von einem Besuch bei seinem Vater aus New York zurück. Im Augenblick ist er bei seinen Großeltern."

„Wieso aus New York?"

"Matthias, mein Exmann lebt jetzt da."

„Das finde ich ja interessant! Ich war selbst schon mal in den Staaten."

„Ja, er hat internationale Betriebswirtschaft studiert und die Firma, bei der er seinen ersten Job fand, hat drüben eine Niederlassung."

„Und die haben ihn gleich da behalten."

„Ja, und ihm gefällt es richtig gut da."

„Und Benjamin sieht ihn trotzdem regelmäßig?"

„Na ja, so oft es eben geht. Natürlich nicht alle zwei Wochen. Aber Matthias ist beruflich ja relativ oft in Europa. Und das nutzt er dann natürlich, um Benni zu besuchen."

„Und wie hat's Benni drüben gefallen? Ich meine, das ist ja für ihn bestimmt sehr spannend."

„Es hat ihm ganz gut gefallen. Von ein paar Kleinigkeiten abgesehen."

„Was meinst du damit?"

„Im Kindergarten war er nicht so glücklich."

„Wieso nicht?"

„Er hat mir erzählt, er wurde von anderen Jungs ziemlich gehänselt."
„Warum das denn?"
„Weil er als einziger Junge nicht beschnitten war. Kannst du dir vorstellen, dass in USA alle Jungs beschnitten werden?"
Anstatt zu antworten, nickte ich nur mit dem Kopf.
„Also, ich finde das unmöglich", fügte Martina hinzu.
„Als Benni noch ganz klein war, sollte er auch beschnitten werden, aber ich habe gesagt, nichts da!"
Sie war also gegen Beschneidungen eingestellt. Schon fühlte ich mich wieder unsicher.
„Also, ich finde es super, dass er schon so früh Englisch lernt. Dadurch hat er sein ganzes Leben Vorteile. Gerade in diesem Alter lernen Kinder Fremdsprachen ja besonders leicht", sagte ich, um schnell auf ein anderes Thema umzulenken.
Die Zeit verging wie im Flug und als ich auf die Uhr sah, war es schon kurz vor Mitternacht.
„Ich glaube, für mich wird es langsam Zeit. Natürlich bringe ich dich nach Hause!", sagte ich, obwohl ich zunehmend müde wurde.
„Ja, ich bin auch ziemlich müde, muss morgen ganz früh Benjamin von seinem Vater abholen!"
Ich winkte dem Kellner, um die Rechnung zu bezahlen.
„Wann sehen wir uns wieder?", fragte Martina, wobei ich ihrer Stimme deutlich anmerkte, dass dies keine Floskel war, sondern sie sich wirklich wünschte, mich wieder zu sehen.

„Spätestens nächstes Wochenende! Ich hoffe, dass ich die Woche über mein Lernpensum schaffe und mir den Samstag frei nehmen kann".
In den nächsten Wochen sahen wir uns zwar nicht ganz so regelmäßig, telefonierten aber relativ häufig. Der unbarmherzig näher rückende Examenstermin zwang mich, meine Kontakte zur „Außenwelt" auf ein Minimum zu reduzieren. Um so mehr freute ich mich auf die Gespräche mit Martina. Die Zeit verging immer schneller und ehe ich mich versah, musste ich das Examen schreiben. Als ich die Klausuren hinter mich gebracht und das Leben mich wieder hatte, begann eine sehr schöne Zeit für mich, die ich überwiegend mit Martina verbrachte, allerdings in reiner Freundschaft.
An einem regnerischen Samstagmorgen, ich saß gerade beim Frühstück, klingelte mein Telefon.
„Ja, Manuel Fischer."
„Hallo Manuel, ich bin's, Martina!"
„Grüß' dich! Na, wie schaut' s?"
„Ganz gut. Ich wollte dich nur fragen, ob du Lust hast, mit zum Schwimmen zu kommen?"
„Gute Idee! Am besten wir treffen uns gleich dort. Ich kann in etwa einer halben Stunde beim Schwimmbad sein."
„Okay, wir treffen uns drinnen. Dann bis gleich!"
Ich packte meine Badesachen zusammen und machte mich auf den Weg. Keine fünfundzwanzig Minuten später war ich dort. Martina war bereits drinnen. Durch die Scheibe sah ich sie am Beckenrand sitzen, ihre Füße baumelten im Wasser. Ich beeilte mich, zu ihr zu kommen.
„Hallo Martina!"

„Hallo Manuel!" begrüßte sie mich mit einem Lächeln.
„Wollen wir gleich ein paar Bahnen schwimmen?"
„Na klar!", antwortete ich und konnte es kaum erwarten, meinen aufgestauten Bewegungsdrang abzubauen. Wir kraulten etwa zwanzig Minuten nebeneinander her. Dann war es Zeit für eine kurze Pause. Wir stoppten an der Stirnseite des Schwimmerbeckens und stützten uns mit den Armen auf den Beckenrand.
„Wollen wir mal kurz ins Außenbecken?", fragte sie, während sie ihre Haare hinter die Ohren schob.
„Na los!"
Um in das Außenbecken zu gelangen, mussten wir die Schwimmhalle verlassen. Wir stiegen also aus dem Wasser, und ich zog meine Flip-Flops an, die am Beckenrand standen. Martina wartete auf mich.
„Hast du keine Badeschuhe dabei?", fragte ich sie ein wenig überrascht.
„Nein, die nehme ich nie mit." Ich lächelte in mich hinein. Irgendwie erinnerte mich das an Claudia.
Wir gingen zusammen zum Außenbecken. Es war schon recht kalt für Oktober. Um so schöner war es nun, bei einer Wassertemperatur um die vierzig Grad zu entspannen.
„Herrlich, oder? Das müsste man jeden Tag machen!"
„Ja, das wäre erholsam!", stimmte ich ihr zu.
„Aber weißt du, worauf ich jetzt noch größere Lust hätte?"
„Verrat's mir!"
„In die Sauna zu gehen, damit meine Füße wieder auftauen!"

Sie sagte dies, als wäre es die normalste Sache der Welt, mit jemandem, den man erst seit Kurzem kannte, in die Sauna zu gehen. Im ersten Moment wusste ich nicht, was ich sagen sollte. Sauna? Konnte ich das riskieren? Würde ihr meine Beschneidung überhaupt auffallen? Ach, was soll' s, dachte ich. Wenn wir zusammen bleiben, würde sie es schließlich über kurz oder lang sowieso erfahren. Also wieso nicht jetzt gleich alle Realitäten offen legen.
„Warum nicht."
„Na, dann los!"
Damit stiegen wir aus dem Wasser und machten uns auf zur Blockhaussauna. Martina zog ihren Bikini aus und hängte ihn an einen Haken neben der Eingangstür. Nun war ich an der Reihe. Ich gab mir einen Ruck, löste kurz entschlossen das Band meiner Badehose und folgte Martina in die Sauna. Sie setzte sich auf die mittlere Stufe. Wir beide waren ganz alleine. Trotzdem kaschierte sie ihre Brüste und Genitalien mit einem großen Handtuch. Aber auch ich hielt meine Beine dicht geschlossen.
„Kannst du sehen, wie viel Grad es hier hat?", fragte sie, ohne mich anzusehen. Dabei umschlang sie ihre dicht aneinander gepressten Knie mit Beiden Händen und zog die Beine zum Po.
„Fünfundneunzig, soweit ich das von hier erkennen kann." Martina japste nur.
Zehn Minuten hielten wir es aus, ohne uns zu unterhalten. Dann hatten wir genug geschwitzt und verließen die Sauna wieder. Nach einem zweiten Gang war uns beiden nicht.
„Wollen wir uns duschen und danach was essen gehen?", schlug ich vor.

„Okay. Ich habe auch Hunger!"
Nachdem wir uns angezogen hatten, gingen wir zu einem nahe gelegenen Italiener. Ich hatte vom Schwimmen einen so großen Hunger, dass ich mir eine große Pizza mit Thunfisch bestellte. Martina nahm eine kleine „Hawaii". Während des Essens sprachen wir wenig.
„Wollen wir noch auf einen Sprung zu mir?", fragte Martina plötzlich, nachdem wir mit dem Essen fertig waren.
„Gerne!" Ich freute mich, dass unser Treffen noch nicht zu Ende war.
Eine halbe Stunde später waren wir bei ihr zuhause. Wir zogen die Schuhe aus und machten es uns auf der Couch gemütlich. Dort berührten sich unsere Hände zum ersten Mal. Wir sahen uns in die Augen und umschlangen uns wie selbstverständlich mit den Armen. Fast automatisch berührten sich unsere Lippen. Stück für Stück zogen wir uns gegenseitig aus.
„Was tust du, wenn ich mich in dich verliebe?", flüsterte sie mir zu.
„Ich bin bereits in dich verliebt!" sagte ich ihr ebenso leise ins Ohr. Inzwischen hatte ich nur noch meine Boxershorts an. Auch sie trug nichts mehr, bis auf Slip und BH. Ihre Finger- und Zehnägel waren unlackiert, was ich sehr schön fand, weil es so natürlich aussah.
„Du hast immer noch ganz kalte Füße!", lachte ich, als sich unsere Zehen berührten.
„Ich war ja auch barfuß! Komm, zieh' mich ganz aus!" sagte sie, während ihre Hand gleichzeitig in meine Boxershorts glitt.
„Augenblick noch!", wehrte ich ab.

„Was ist?"
„Ich muss dir noch etwas sagen!"
„Na, was denn?"
„Ich bin beschnitten!"
„Na und?"
„Du hast mir doch gesagt, dass du es unmöglich findest, dass in USA alle Jungs beschnitten werden. Und da dachte ich, dass du wissen sollst, dass ich auch beschnitten bin".
„Ach so, aber wenn ich gewusst hätte, dass du dir das so zu Herzen nimmst, hätte ich das nicht gesagt. Warum wurde es denn bei dir gemacht?"
„Ich hatte eine Vorhautverengung."
„Und das konnte man nicht anders behandeln?"
„Hätte man vielleicht schon. Aber es ist ja nicht mal versucht worden. Das war halt damals so."
„Ich weiß ja, wie schnell die heutzutage damit sind. Aber mach' dir deswegen mal keinen Kopf. Ich mag dich trotzdem!", sagte sie und gab mir einen Kuss.
Dann zogen wir uns ganz aus. Ich bemerkte sofort, dass der Anblick eines beschnittenen Penis etwas Ungewöhnliches für sie war. Ich versuchte, das zu übergehen und mir nichts anmerken zu lassen. Wir liebten uns und genossen einfach den Augenblick.
Die nächsten Monate entwickelte sich unsere Beziehung prächtig. Martina und ich trafen uns häufig und verstanden uns immer besser. Auch mit ihrem Jungen hatte ich auf Anhieb ein sehr gutes Verhältnis. Kurz nachdem ich eine Stelle als Referendar angetreten hatte, zogen wir drei zusammen. Es begann eine ereignisreiche Zeit. Ich war, quasi als „Quereinsteiger", im Handumdrehen Vater geworden. Wenn dies mitunter auch Spannungen mit sich brachte, genoss

ich es sehr, mit Benjamin zu spielen oder ihm vorzulesen. Ich gab mir alle Mühe, ein guter Stiefvater zu sein.

Nach zwei Jahren sprach Martina dann immer öfter von den Vorteilen einer Ehe und wie schön es doch wäre, verheiratet zu sein. Sie verwies auf ihre Freundinnen, die alle verheiratet waren. Mir allerdings war es dafür noch zu früh.

„Meinst du nicht, wir sollten noch ein bisschen warten? Ich meine, zwei Jahre sind schließlich keine wirklich lange Zeit."

„Warten, worauf? Ich liebe dich und brauche jedenfalls keine Zeit mehr, um mir darüber klar zu werden."

„Aber warum denn diese Eile?"

„Weil wir keine achtzehn mehr sind, sondern auf die Dreißig zugehen. Und wenn man in unserem Alter ist, sollte man heiraten."

„Aber du hast doch selbst erlebt, wie es ist, wenn man überstürzt heiratet."

„Das war was ganz anderes, das kann man überhaupt nicht vergleichen. Du weißt genau, dass Matthias mich ständig betrogen hat. Außerdem hätte ich ihn nie geheiratet, wenn ich nicht schwanger gewesen wäre. Ich finde es unfair, dass du das jetzt als Vergleich zur Sprache bringst. Entweder du liebst mich, oder nicht. Und wenn du mich liebst, gibt es keinen Grund nicht zu heiraten!"

Nach diesem Muster liefen all unsere Gespräche zum Thema Hochzeit ab, bis ich irgendwann nachgab. So heiratete ich Martina schließlich, allerdings nicht aus Überzeugung. Wenn man mich heute fragt, wie ich so etwas tun konnte, kann ich nur antworten, es war eine Kombination aus verschiedenen Faktoren. Eine Rolle spielte sicher das Alter und der Gedanke, dass es irgendwie an der Zeit war. All meine Freunde, die, wie ich, so um die Dreißig waren, waren bereits verheiratet und hatten Kinder. Vielleicht wollte ich auch schlichtweg meine Ruhe haben und dachte, dass ich aus der „Nummer" sowieso nicht mehr raus käme. Und so sagte ich schließlich ja.

Auch wenn sich durch den Trauschein alleine, von Steuervorteilen abgesehen, zunächst einmal nichts veränderte, war das subjektive Empfinden doch ein ganz anderes. Ein Studienfreund hatte einmal zu mir gesagt, dass es drei Arten der legalisierten Freiheitsentziehung gäbe: den Strafvollzug, die Bundeswehr und die Ehe. Ich würde es zwar niemals so drastisch ausdrücken. Doch wusste ich in diesem Augenblick, was er damit meinte. Eine höhere Verantwortung spürte ich schon deshalb, weil ich plötzlich „Vater" eines inzwischen acht Jahre alten Jungen war. Ich liebte Benjamin und war dankbar für jeden Augenblick, den wir zusammen verbrachten. Allerdings fehlte uns zum Familiengefühl noch das Entscheidende, nämlich gemeinsame Kinder. Es war für uns das Selbstverständlichste der Welt, Kinder zu haben. Und auch in unserem Freundes- und Bekanntenkreis kamen reihum Kinder zur Welt. Wir kannten nicht ein einziges Pärchen, das sich bewusst gegen Kinder entschied. Martinas Verzweiflung, jedes Mal wenn ihre Regelblutung einsetzte, wurde immer unerträglicher. Sie wusste, was Kinder mir bedeuten. Und obwohl es für ihre Fruchtbarkeit bereits einen lebenden Beweis gab, spürte ich, dass sie sich dennoch schuldig fühlte, mir keine Kinder zu schenken.

Nach zwei Jahren ungewollter Kinderlosigkeit beschloss Martina etwas dagegen zu unternehmen.
„Ich habe für uns einen Termin im Kinderwunschzentrum ausgemacht!", eröffnete sie mir eines Abends.
„Du hast was? "
„Das hast du doch genau verstanden!"
„Meinst du wirklich, dass das der richtige Weg ist?"
„Natürlich, du möchtest doch auch Kinder, oder nicht?"
„Ja, sicher, aber meinst du nicht, es klappt auch so?"
„Alle Frauen, die ich kenne, die sich ein Kind wünschten, wurden nach spätestens einem Jahr schwanger. Irgendetwas stimmt nicht. Wir sollten uns einfach mal untersuchen lassen und zwar beide."
Irgendetwas sagte mir, dass sie in erster Linie mich meinte. Ich war mir absolut sicher, dass sie selbst sich für gesund hielt. Sie hatte ja auch bereits ein Kind. Der Gedanke, dass ich es also sein könnte, der unfruchtbar war, gefiel mir überhaupt nicht. Ich war nicht sicher, ob ich es eigentlich so genau wissen wollte, aber schließlich willigte ich ein.
„Na schön, wenn du meinst, dass das nötig ist."
Nur wenige Wochen danach hatten wir den ersten gemeinsamen Termin, was recht erstaunlich war, denn das Kinderwunschzentrum hatte lange Wartezeiten.
Die Praxis lag mitten in der Stadt. Einmal die Woche hatte sie etwas länger geöffnet, für Berufstätige. Uns empfing ein vielleicht fünfundvierzigjähriger Arzt mit leicht ergrauten Schläfen und stellte sich als Dr. Ricker vor. Er kam sofort zur Sache:

„Wie lange versuchen sie schon schwanger zu werden?"
„Zwei Jahre."
„Und hat jemand von ihnen Kinder aus einer früheren Beziehung?"
„Ja", antwortete Martina.
„Wie alt ist das Kind?"
„Mein Junge ist jetzt neun."
„Und sie?"
„Ich habe keine Kinder", entgegnete ich.
„Nehmen sie derzeit irgendwelche Medikamente ein?", fragte er nun wieder Martina.
„Ja, mein Frauenarzt hat mir Clomifen verschrieben."
„Das ist gut, um den Eisprung auszulösen, insbesondere wenn sie zuvor die Pille genommen haben. Wir werden Sie eingehend untersuchen. Dazu gehört auch eine Bauchspiegelung. Die Durchgängigkeit der Eileiter muss geprüft werden."
Dann wandte er sich mir zu:
„Hatten sie als Junge mal eine Hodenentzündung, vielleicht im Zusammenhang mit Mumps?"
„Nein, jedenfalls nicht dass ich wüsste."
„Bei ihnen ist die Prozedur wesentlich einfacher. Wir brauchen nur ein Spermiogramm. Zudem werden wir ihre Hormonwerte bestimmen.
Bereits einige Tage später begannen unsere Untersuchungen. Für mich fing alles völlig harmlos an, mit einer Blutentnahme zur Bestimmung des Testosteronspiegels. Nachdem ich telefonisch erfuhr, dass alle Werte im Normbereich lagen, fragte ich etwas naiv, wann ich mir das Gefäß für die Spermaprobe abholen könne.

„Gar nicht! Das machen wir hier in der Praxis!", lautete die Antwort.
Na bravo, dachte ich. Was für eine frohlockende Aussicht. Ich muss also dort in einen Becher w... Doch noch bevor ich den Gedanken empört zu Ende denken konnte, musste ich schon wieder schmunzeln, vor allem über den Ausdruck „*wir* machen das". Egal, du musst den Ball spielen, wie er liegt, sagte ich mir dann und so stand ich schließlich am nächsten Morgen wieder im Kinderwunschzentrum auf der Matte.
„Herr Fischer, sie kommen zum Spermiogramm, richtig?"
„Ja".
„Dann kommen sie bitte mit mir!"
Sie holte ein Plastikgefäß aus dem Regal und schrieb meinen Namen darauf. Anschließend fragte sie mich: „Wie lange waren sie denn enthaltsam?"
„Fünf Tage, wie vorgeschrieben."
Sie schrieb eine Fünf auf den Plastikbecher. Damit schickte sie mich in eine Kabine. Diese sah genauso aus, wie ich erwartet hatte: Keine fünf Quadratmeter groß, an der Wand ein Poster mit einer nackten Blondine mit riesengroßen Brüsten, dazu noch ein paar Pornozeitschriften. Alles in allem nicht gerade ein erregender Ort. Entsprechend schwer tat ich mir damit, meine „Pflicht" zu erfüllen. Zunächst schien es mir nahezu unmöglich, an einem solchen Ort überhaupt Lust zu bekommen. Als ich endlich eine Erektion hin bekam, bemerkte ich erst, dass ich überhaupt kein Gleitmittel dabei hatte und meine trockene Eichel zu reiben war ziemlich unangenehm. Auch auf dem Tisch in der Kabine befand sich kein

„Hilfsmittel". Weder Babyöl noch Creme, nichts dergleichen.
Das kann nicht sein, dachte ich. Irgendwas muss es hier doch geben. Schließlich bin ich doch nicht der erste Beschnittene, der hier eine Spermaprobe abgeben muss.
Doch dann fiel es mir ein. Wahrscheinlich waren Hilfsmittel deshalb nicht zugelassen, weil sie das Ergebnis verfälschten. Also blieb mir schließlich nichts übrig, als es „ganz trocken zu machen". Große Lust bereitete es mir nicht. Aber irgendwann hatte ich es endlich vollbracht. Ich verließ die Kabine, nachdem ich zuvor den Becher in die dafür vorgesehene Klappe gestellt hatte. Danach schlich ich mich leise am Empfang vorbei und ging erleichtert zur Tür hinaus.
Das Ergebnis der Spermauntersuchung ließ nicht lange auf sich warten. Schon ein paar Tage später wurde ich erneut in die Praxis bestellt.
„Ganz in Ordnung sind ihre Werte leider nicht.", eröffnete mir Dr. Ricker.
„Was heißt das?"
„Anzahl und Beweglichkeit der Spermien sind deutlich reduziert!"
„Heißt das, dass ich keine Kinder zeugen kann?"
„Ich bitte sie! So weit sind wir noch lange nicht."
„Aber sie sagten mir doch gerade, dass es an mir liegt, dass wir kinderlos sind."
„So eine pauschale Aussage würde ich niemals treffen. Ich meinte lediglich, dass es auf normalem Weg schwierig werden könnte."
„Schwierig?"
„Ja. Aber das heißt nicht, dass es für sie unmöglich ist, auf natürliche Weise Vater zu werden."

Er sagte diese Worte, ohne dabei sehr überzeugend zu wirken. Natürlich liegt es an mir, dachte ich sofort. Martina hat schließlich schon ein Kind. Sie hat bereits bewiesen, dass sie fruchtbar ist.
„Sie sollten sich wirklich noch nicht zu sehr verrückt machen. Warten sie doch erst einmal die Ergebnisse Ihrer Frau ab. Dann haben sie noch genug Zeit, sich zu entscheiden."
Bei Martina waren die Untersuchungen um einiges aufwendiger. Nachdem die gynäkologische Eingangsuntersuchung unauffällig verlaufen war, musste sie sich einer Bauchspiegelung unterziehen. Dabei wurde die Durchgängigkeit der Eileiter geprüft, was nicht ganz komplikationslos von statten ging und sich als reichlich schmerzhafte Angelegenheit entpuppte. Ein paar Tage später saßen wir erneut gemeinsam bei Dr. Ricker in der Kinderwunschpraxis.
„Ihre Werte sind völlig normal - und vor allem sind ihre Eileiter durchgängig", .beglückwünschte er Martina.
„Also liegt es an mir! Das wollen sie mir doch damit sagen", fuhr ich auf.
„Wie ich ihnen ja bereits sagte, sind ihre Werte nicht optimal. Anzahl und Beweglichkeit ihrer Spermien könnten etwas besser sein."
„Und was würden sie uns raten?"
„Da sie schon seit über zwei Jahren versuchen, ein Kind zu bekommen, würden wir ihnen zunächst eine Insemination vorschlagen. Sollte das nicht zum Erfolg führen, wäre eine künstliche Befruchtung zu erwägen."
„Und wie läuft das genau ab?", wollte Martina wissen.

„Für die Insemination werden wir zunächst ihren Eisprung künstlich auslösen und dann zum passenden Zeitpunkt die Spermien ihres Mannes einführen. Sollte dies nicht zu einer Schwangerschaft führen, werden wir mit einer IVF- Behandlung, also einer In-vitro-Fertilisation oder auch Reagenzglasbefruchtung fortfahren. Dieser Eingriff ist dann schon ein klein wenig invasiver".

„Inwiefern?"

„Weil wir ihnen bei der IVF- Behandlung unter Vollnarkose Eizellen entnehmen müssen. Diese werden dann mit den Spermien ihres Mannes zusammen gebracht. Sollte auch dies nicht zu einer Befruchtung führen, bleibt nur noch die ICSI-Behandlung, die so geannte Intrazytoplasmatische Spermieninjektion. Da werden dann die Spermien unmittelbar in die Eizellen gespritzt und diese dann eingesetzt."

„Wir werden darüber nachdenken und ihnen unsere Entscheidung mitteilen", sagte Martina abschließend. Die folgenden Tage standen natürlich im Zeichen der Entscheidungsfindung. Doch da wir bereits über zwei Jahre ungewollter Kinderlosigkeit hinten uns hatten, fehlte uns beiden der Glaube, dass es plötzlich doch auf natürlichem Weg klappen könnte. Und so stand unser Entschluss im Grunde schon vorher fest. Bereits zwei Wochen später saßen wir erneut im Kinderwunschzentrum.

„Wir haben uns entschieden, weiter zu machen." Das hatte ich zuvor schon telefonisch durchgegeben. Damit begaben wir uns endgültig in die Mühlen der Fortpflanzungsmedizin. Zunächst lief alles wie gehabt. Ich musste in die Praxis kommen und mein Sperma abgeben. Hinzu kam nun, dass Martinas Eisprung künstlich ausgelöst wurde und ihr die Spermien sodann mittels eines Schlauches in die Scheide injiziert wurden. Dies führte jedoch genauso wenig zum Erfolg, wie die anschließende IVF- bzw. ICSI-Behandlung. Der Unterschied bestand lediglich darin, dass Martinas Verzweiflung beim Einsetzen der Regelblutung in dem Maße heftiger wurden wie die Eingriffe schwerwiegender. Nach zweieinhalb Jahren nervenaufreibender Behandlung im Kinderwunschzentrum gaben wir schließlich auf und beschlossen, die Kinderlosigkeit als von Gott gewollt zu akzeptieren. Doch die schreckliche Zeit hatte Spuren hinterlassen. Nicht nur, dass ich mir wie ein Deckhengst vorkam, Martina konnte sich über gar nichts mehr freuen. Alles, aber wirklich alles dreht sich nur noch um das Thema Kind. Ich konnte diesen Druck einfach nicht mehr ertragen.

Die „Mitbeschneidung"

Es war an einem Montagabend. Ich hatte recht lange gearbeitet und kam erst gegen 20 Uhr nach Hause. Völlig erschöpft wollte ich mich gerade in einen Sessel fallen lassen, als ich sah, wie meinem Stiefsohn Benjamin Tränen über die Wangen kullerten.
„Was ist denn passiert?"
„Seine Hoden tun ihm weh!", antwortete Martina besorgt.
„Wie ist das gekommen - ich meine, seit wann hat er das denn?", fragte ich alarmiert.
„Am späten Nachmittag fing es an."
Benjamin lag „unten ohne" auf der Couch. Ich beeilte mich, zu ihm zu kommen und mir das Ganze anzusehen. Der linke Hoden war etwas angeschwollen und größer, als der rechte. Sofort hatte ich ein ungutes Gefühl.
„So was sollte man nicht auf die leichte Schulter nehmen. Ich denke, wir sollten damit sofort zum Arzt!"
Ich wollte keine Zeit verlieren.
„Meinst du nicht, das hat Zeit bis morgen, Schatz?"
„Ich würde nicht warten. Ich hab' mal von einer Erkrankung gehört, da hat man nur ein paar Stunden Zeit, sonst kann man den Hoden verlieren. Ein solches Risiko würde ich niemals eingehen wollen!"
Das überzeugte meine Frau.
„Warte! Wir fahren zusammen. Ich bin sofort fertig!"
Ich nahm Benjamin auf den Arm und trug ihn in den Wagen. Wir fuhren zur Kinderklinik.

In der Notfallambulanz mussten wir zum Glück nicht lange warten. Ein sehr freundlicher, etwa fünfzigjähriger, schon grauhaariger Notarzt nahm uns umgehend in Empfang. Nach einem kurzen Blick auf den Unterleib unseres Jungen griff er sofort zum Telefon und rief auf der urologischen Station an:
„Ich bin's. Ich habe hier einen neun Jahre alten Jungen mit unklaren Hodenschmerzen. Eine Hodentorsion ist nicht auszuschließen. Kannst du dir das gleich anschauen oder muss es über die Kinderklinik laufen? Okay, dann schicke ich ihn sofort zu dir."
Damit drückte er uns ein Stück Papier in die Hand.
„Geben sie das bitte meiner Kollegin von der Urologie. Sie wird dann alles Weitere veranlassen. Sie können sofort mit dem Fahrstuhl in den fünften Stock hinauf fahren."
Da wusste ich, dass es absolut richtig war, dass wir nicht gewartet hatten. Kaum waren wir aus dem Aufzug gestiegen, begrüßte uns eine Assistenzärztin, etwa fünfunddreißig Jahre alt. Sie beugte sich zu Benjamin hinunter.
„Du bist also der junge Patient! Mein Kollege hat mich schon verständigt. Ich bin Dr. Schröder", sagte sie dann zu uns und schüttelte meiner Frau und mir die Hand. „Sie können noch für einen Augenblick Platz nehmen. Ich bin in ein paar Minuten bei ihnen."
Die Ärztin wirkte auf Anhieb sehr sympathisch auf uns. Wir hatten noch keine drei Minuten gesessen, als sie uns wieder zu sich rief. Sie führte uns in ein kleines Zimmer, wo unser Junge sich auf eine Liege legen und freimachen musste.
„Jetzt zeig mir mal, wo es genau wehtut."

„Mein linker Hoden", schluchzte Benjamin.
„Das muss ich noch genauer untersuchen", sagte die Ärztin nach dem Abtasten.
„Es gibt leider ein Krankheitsbild bei Hodentorsion, wo man nur sechs Stunden Zeit hat. Danach ist der Hoden verloren!"
Dann erklärte sie unserem Jungen das Ultraschallgerät.
„Mit diesem kleinen Kopf kann ich mir deine Hoden von innen anschauen! Wir fangen mal mit dem an, der nicht wehtut. Hier ist ein Bildschirm, der so aussieht, wie die alten Schwarz-Weiß-Fernseher früher. Aber an die kannst du dich wahrscheinlich nicht mehr erinnern, dazu bist du noch zu jung. Auf diesem Bildschirm kann ich erkennen, dass mit dem rechten Hoden alles in Ordnung ist. Jetzt wollen wir uns mal den linken anschauen."
Ihre Miene wurde immer finsterer, während sie auf den Bildschirm sah.
„Leider, was ich vermutet habe!"
Sie ging zum Schreibtisch und nahm den Telefonhörer ab.
„Bitte bereiten sie schon mal den OP vor und rufen sie den Oberarzt. Wir haben heute noch eine Hodentorsion!"
Bei diesen Worten sah ich die Angst in Martinas Augen. Sie war so geschockt, wie ich sie bis dahin noch nie erlebt hatte. Ich legte den Arm um sie:
„Es wird alles gut. Wir sind doch noch rechtzeitig gekommen. Gott sei dank, dass wir sofort losgefahren sind!"
„Wann hat er denn zuletzt was gegessen?", wollte die Ärztin von uns wissen.

„Heute Mittag. Fisch mit Kartoffeln", antwortete Martina.
Diese Informationen gab die Ärztin sofort telefonisch an den Anästhesisten weiter.
„Der Narkosearzt wird auch gleich kommen!", sagte sie, wieder unserem Jungen zugewandt.
„Wir nähen die Hoden dann gleich im Hodensack fest, damit so was nicht noch mal passieren kann."
Dann holte sie einen Aufklärungsbogen, um uns den Eingriff anhand einschlägiger Bilder näher zu bringen. Dabei vergaß sie nicht, ordnungsgemäß auf die Risiken hinzuweisen.
Benjamin lag immer noch mit herunter gezogener Hose auf der Liege. Er tat mir so Leid. Aber erst jetzt geschah das mir für mich völlig Überraschende, als die Ärztin sich ihm erneut zuwandte.
„Ach ja, fast hätte ich vergessen, es zu erwähnen. Die Vorhaut werden wir ihm gleich mit entfernen, damit er damit keine Probleme mehr bekommen kann!"
Noch bevor Martina oder ich etwas entgegnen konnten, machte sie sich auch schon an seinem Penis zu schaffen und zog die Vorhaut zurück und wieder nach vorne.
„Sie wollen ihn beschneiden?", fragte Martina überrascht.
„Ja. Wenn er schon operiert werden muss, sollte man das gleich mitmachen, nicht, dass womöglich noch eine Operation fällig wird."
Natürlich läuteten bei mir sofort die Alarmglocken. Hatte ich richtig gehört? Benjamin sollte mal eben so nebenbei beschnitten werden. Sämtliche Storys, die ich im Zusammenhang mit meiner Beschneidung er-

lebt hatte, liefen wie ein Film vor meinen Augen ab. Nein, dem Jungen sollte so etwas auf jeden Fall erspart bleiben.
Aber Martina antwortete bereits an meiner Stelle.
"Er hat mit seiner Vorhaut aber keine Probleme! Als er klein war, habe ich immer Babyöl genommen und sie gedehnt", versuchte Martina die Ärztin von ihrem Vorhaben abzubringen.
"Ich würde eine Beschneidung aber dennoch sehr befürworten, schon aus hygienischen Gründen. Wir raten das eigentlich allen Eltern, und die meisten wollen ihren Jungs eine zweite Narkose ersparen!", sagte sie bestimmt.
"Mama, ich will meinen Puller so behalten, wie er ist!", rief Benjamin lautstark.
Endlich, ich war richtig froh, dass der Junge sich auch mal zu Wort meldete. Schließlich ging es um *seine* Vorhaut.
"Ich halte es, ehrlich gesagt, auch nicht für notwendig, ihn zu beschneiden und würde ihm diese Prozedur gerne ersparen!", fügte Martina hinzu.
"Wie Sie meinen. Dann werden wir die Beschneidung erstmal zurückstellen und nur die Hoden-OP durchführen.
Ich war erleichtert, dass Martina sich so verhalten hatte. Ich hätte der Ärztin genau dasselbe gesagt. Aber ich war nicht der Vater und hatte daher nicht das Recht, mich einzumischen. Das war nun schon das zweite Mal, dass Martina Benjamins Beschneidung verhinderte. Anscheinend muss man heutzutage die Vorhaut eines Jungen mit Händen und Füßen verteidigen, dachte ich bei mir, ohne ein Wort dazu zu sagen.

Anschließend klärte uns der Anästhesist über die typischen Narkoserisiken auf. Natürlich wurde Benjamins Vater ebenfalls telefonisch verständigt, da auch er seine Einwilligung zu der Operation erteilen musste. Danach verabschiedeten wir uns von Benni.
„Wir werden bei dir sein, wenn du aufwachst!", sagte Martina liebevoll, während sie Benjamin noch einmal umarmte. Dann nahm eine Schwester unseren Jungen mit in den „OP - kein Zutritt" - Bereich.
Martina und ich suchten uns eine Sitzgelegenheit, wo wir die Zeit während der Operation verbrachten.
„Möchten sie heute Nacht hier bleiben?", kam die Nachtschwester auf meine Frau zu.
„Das wäre schön, wenn diese Möglichkeit bestünde."
„Ich werden ihnen gleich das Elternzimmer richten!"
Wir waren über die Hilfsbereitschaft, mit der man Eltern und Kind das Zusammensein in der so wichtigen Phase nach einer Operation ermöglichte, sehr erfreut. Besonders imponierte mir die Tatsache, dass die Ärztin so viel mit Benjamin und nicht nur mit uns gesprochen hatte. Die meisten Kinderärzte, die ich zuvor kennen gelernt hatte, sprachen fast ausschließlich mit den Eltern und ignorierten die Kinder nahezu. Insofern fand ich das Verhalten der Ärztin sehr positiv. Aber die Tatsache, dass man Benjamin mal eben so nebenbei mit beschneiden wollte, war für mich keineswegs in Ordnung. Ich beschloss dennoch, die Angelegenheit erst einmal auf sich beruhen zu lassen.
Nach eineinhalb Stunden des Wartens kam endlich der Oberarzt aus dem Operationssaal und erlöste uns.

„Es ist alles in bester Ordnung! Beide Hoden sind gerettet."

„Gott sei Dank!", rief Martina und umarmte mich.

„Ich hätte es mir nie verziehen, wenn der Jungen seinen Hoden verloren hätte.", seufzte sie und schaute mir dabei dankbar in die Augen.

Ich war auch sehr froh und unendlich erleichtert. Benjamin hatte nicht nur beide Hoden, sondern auch seine intakte Vorhaut behalten und das war gut so.

Scheidung

Das Thema Beschneidung spielte in den kommenden Jahren erst einmal keine Rolle mehr in meinem Leben. Vielleicht waren es die Umstände, die mir einfach keine Zeit ließen, mich mit dem Thema zu beschäftigen. Zu viele andere Dinge stürzten auf mich ein. Alles fing damit an, dass das Leben mit Martina von Tag zu Tag schwieriger wurde. Im Vergleich zur Zeit vor unserer Ehe hatte sie sich sehr verändert. Viele Dinge, die wir vor unserer Heirat fest vereinbart hatten, zählten plötzlich nicht mehr. Wie aus heiterem Himmel verlangte Martina von mir, den Kontakt zu meiner Studienfreundin Isabelle abzubrechen. Sie war besessen von dem Gedanken, dass wir eine heimliche Affäre hätten. Es gelang mir einfach nicht, sie davon zu überzeugen, dass wir einfach nur gute Freunde waren. Ich wurde das Gefühl nicht los, dass ihre Angst, mich zu verlieren, durch die Kinderlosigkeit noch größer geworden war. So sehr ich auch versuchte, eine Trennung zu verhindern, musste ich schließlich erkennen, dass es einfach keinen Sinn machte, an etwas festzuhalten, dass in Wahrheit schon lange vorbei war. Wir waren einfach zu unterschiedlich.
Die ungewollte Kinderlosigkeit hätten wir vielleicht gerade noch ertragen. Hinzu kam jedoch ihre extreme Eifersucht. Martina sah in jeder Frau, mit der ich Kontakt hatte, sei es beruflich oder privat, eine potentielle Konkurrentin. Ihre Eifersucht gipfelte in einem Vorfall, den ich bestimmt nicht so schnell vergessen werde: Es war an einem Mittwochabend. Ich ging, wie üblich, zum Volleyball in meine Freizeit-

sportgruppe. Wir begannen immer um 20 Uhr und spielten bis gegen 22 Uhr. Es war üblich, dass wir danach noch ein bisschen beisammen saßen und ein Bier tranken, sodass ich meist gegen 23 Uhr wieder zuhause war. An jenem Abend wurde es allerdings etwas später, weil ich mit einem Kollegen, der ebenfalls Mitglied unserer Volleyballgruppe war, in eine interessante Unterhaltung geraten war und dabei die Zeit ganz vergessen hatte. Als ich sodann auf die Uhr sah, war es bereits 23.15 Uhr. Ich wollte gerade aufstehen und mich verabschieden, als plötzlich die Tür aufging und ich meinen Augen nicht traute. Martina stürzte herein und rief mit vorwurfsvollem Blick:
„Wo warst du denn? Du wolltest doch längst zuhause sein!"
„Aber wieso, es ist gerade mal Viertel nach elf und außerdem war ich sowieso gerade im Begriff, zu gehen."
Nachdem ich meine Jacke angezogen und mich von meinen Gesprächspartnern verabschiedet hatte, verließ ich mit Martina das Clubhaus und wir gingen zu Fuß nach Hause.
„Sag' mal, was sollte das? Musstest du so einen Aufstand machen?"
„Aber du weißt doch, dass ich mir Sorgen mache, wenn du zur vereinbarten Zeit nicht zuhause bist!"
„Also hör mal! Das ist nun wirklich blanker Unsinn. Du brauchst doch nicht so ein Theater zu machen, nur weil ich einmal nicht um elf zuhause bin."
„Warum bist du so lange geblieben?"

„Weil ich gerade mit einem Kollegen in eine interessante Unterhaltung vertieft war und dabei nicht auf die Uhr gesehen habe."
„Und wer war die Frau, die neben dir saß?"
„Sie spielt auch in unserer Hobbymannschaft. Übrigens ist sie verheiratet und hat zwei Kinder, falls es dich beruhigt!"
„Und warum saß sie neben dir?"
„Was weiß ich! Ich habe sie nicht gefragt. Hätte ich ihr vielleicht verbieten sollen, neben mir zu sitzen?"
„Kannst du nicht neben einem Mann sitzen?"
„Also, so geht das einfach nicht. Ich halte dieses Geklammere nicht mehr aus! Begreifst du nicht, dass du alles kaputt machst, wenn du mir die Luft zum Atmen nimmst?"
„Dann sag' doch gleich, dass du mich loswerden willst!"
„Ich sagte, dass ich *so* nicht weiterleben kann!"
„Du brauchst nicht zu glauben, dass du mit einer anderen Frau Kinder haben wirst! Ich habe bereits gezeigt, dass ich fruchtbar bin!"
Nun also hatte sie es endlich ausgesprochen. Sie war fest davon überzeugt, dass wir meinetwegen kinderlos waren und ebenso, dass ich niemals Kinder haben würde. Aber das konnte ich so nicht stehen lassen.
„Das ist Unsinn und das weißt du genau! Laut meinem Urologen ist meine Zeugungsfähigkeit, wenn überhaupt, allenfalls minimal eingeschränkt."
„Auf das Spermiogramm brauchst du dir nichts einzubilden. Wahrscheinlich ist dein Höhepunkt einfach zu flach."
„Was soll denn das heißen?"

„Ich habe schon öfter gelesen, dass beschnittene Männer nicht so heftig kommen, wie Männer mit Vorhaut. Wahrscheinlich haben die Spermien gar keine Chance, weit genug vorzudringen."
„So ein Quatsch! In Israel und der Türkei haben die Menschen auch Kinder und nicht gerade wenig!"
Ich konnte nicht mehr. Diese dauernden Kämpfe. Das ständige Gefühl, mich rechtfertigen zu müssen für jede Frau die es nur wagte, in meine Nähe zu kommen. Martinas Eifersucht wurde von Tag zu Tag schlimmer. Ich war todunglücklich. So konnte und wollte ich einfach nicht weiterleben. Jetzt gab sie mir auch noch die Schuld an der ungewollten Kinderlosigkeit. Nun wusste ich, dass sie davon überzeugt war, dass ich unfähig sei, Kinder zu zeugen. Das hatte ich von Anfang an gespürt. Und nun warf sie mir auch noch meine Beschneidung vor. Martina dachte nie an die Möglichkeit, dass wir einfach nicht zusammen passten und infolgedessen kinderlos waren - die Natur ist häufig weiser als wir Menschen.
Aber auch ich begann, mich in dieser Zeit mit dem Gedanken, kinderlos zu versterben, vertraut zu machen. Als ich Martina heiratete, wünschte ich mir nichts mehr, als Vater zu werden, eine Familie zu gründen. Für mich war es schon immer eines der schönsten Ziele, Kinder zu haben und sie aufwachsen zu sehen. Kinder sind doch das Einzige, das Entscheidende, was einen mit der eigenen Endlichkeit versöhnt. Alle meine Freunde hatten Kinder. Eine meiner Schulfreundinnen hatte bereits fünf und das sechste war unterwegs. Früher dachte ich, es sei ganz selbstverständlich Kinder zu haben. Nun fragte

ich mich, wofür ich so bestraft wurde, dass ich dieses allergrößte Lebensglück nicht erleben durfte.
Ich verbrachte viel Zeit mit Spaziergängen und grübelte immer wieder, ohne eine befriedigende Antwort zu finden.
Obwohl meine Eltern mich sehr konservativ erzogen hatten, befürworteten sie die Scheidung von Anfang an. Ich war regelrecht erstaunt, wie selbstverständlich sie damit umgingen. Lange hatte ich unsere Eheprobleme vor ihnen geheim gehalten, aus Angst, für sie würde eine Welt zusammenbrechen. Noch nie hatte es in unserer Familie eine Scheidung gegeben. Und ich sollte der erste sein? Was ist besser, fragte ich mich immer wieder, der erste in der Familie zu sein, der geschieden wird, oder ein Leben lang in einer todunglücklichen Ehe zuzubringen? Wochenlang quälte mich diese Frage. Aber schließlich war für mich die Antwort klar. Die Lebenszeit ist einfach zu kostbar, dachte ich bei mir. Sie ist das Kostbarste, was wir haben, das Einzige, das sich nicht wiederholen lässt. Die Entscheidung zugunsten der Trennung war fallen. Es war der einzig richtige Weg. Doch bevor ich den endgültigen Schritt ging, geriet ich noch einmal ins Zögern. Konnte ich das Benjamin wirklich antun? „Du bist der beste Papa, den ich je hatte!", hatte er einmal zu mir gesagt. Und ich war über seine Worte so ergriffen, dass mir die Tränen in die Augen stiegen. Er hatte schon einmal eine Scheidung seiner Eltern erlebt und, obwohl er nicht mein Sohn war, fühlte ich mich dennoch verantwortlich dafür, dass er das nicht noch einmal mitmachen musste. Also suchte ich nach einer Lösung. Ich rief eine gute Freundin an. Sie war Psychologin und führte unter

anderem auch Paartherapien durch. Wir trafen uns und führten ein langes Gespräch über Kinder, Scheidungen, Entwicklungspsychologie und … und … und.

„Du musst es einfach tun!", sagte sie schließlich ohne den leisesten Zweifel in ihrer Stimme.

„Aber ich will nicht, dass der Junge meinetwegen leidet. Er hat schließlich schon einmal eine Trennung durchstehen müssen!"

„Aber dafür kannst du ihn nicht entschädigen."

„Ich weiß einfach nicht mehr, was richtig und was falsch ist."

„Überlege doch mal die Konsequenzen! Wenn ihr euch scheiden lasst, was wird der Junge dann mitnehmen für sein späteres Leben?"

„Sag's mir!"

„Ganz einfach. Er wird lernen, dass Erwachsene genau die gleichen Probleme haben wie Kinder auch. Es kommt nun mal vor, dass sie sich nicht mehr verstehen. Und wenn man sich nicht mehr versteht, muss man sich trennen. Aber wenn ihr euch nicht trennt, dann wäre das eine richtige Katastrophe. Denn dann ist eine Ehe für ihn gleichbedeutend mit ständigem Streit - und diese Folgen wären für seine Entwicklung um ein Vielfaches schlimmer."

Ich wusste, dass sie Recht hatte. Und so zog ich das Ende mit Schrecken dem Schrecken ohne Ende vor. Ich zog schließlich aus, und obwohl Martina zunächst alles versuchte, unsere Trennung zu verhindern, sah sie nach kurzer Zeit ein, dass es keinen Sinn mehr hatte. Und so ließen wir uns nach Ablauf des Trennungsjahres scheiden.

In den kommenden Monaten blieb ich erst einmal alleine. Von Beziehungen hatte ich nach dem Debakel die Schnauze voll. Vielleicht passen Frauen und Männer einfach nicht zusammen, versuchte ich mich zu trösten.

Wunder geschehen

Wunder geschehen! Auch im wirklichen Leben. Gerade wenn man, und da schließe ich mich selbst mit ein, denkt, so etwas gibt es nur in Hollywoodfilmen, merkt man plötzlich, dass die schönsten Geschichten immer noch das Leben schreibt.
Ein paar Jahre nach meiner Scheidung lernte ich Bettina kennen. Sie war, wie ich, fünfunddreißig und Ärztin. Wir verstanden uns auf Anhieb. Schnell bemerkten wir, dass wir ähnliche Interessen hatten und so hatten wir auch immer genügend Themen, über die wir uns unterhalten konnten. Schnell wurde mir auch klar, dass Kinder ihr unheimlich wichtig waren. Musste ich ihr da nicht sagen, dass ich schon eine ungewollt kinderlose Ehe hinter mir hatte? Ja, ich muss es ihr sagen, beschloss ich kurzer Hand, und zwar so schnell wie möglich. Für den Abend waren wir verabredet.
„Ich muss mit dir reden!"
„Oh, das klingt aber ernst!"
„Ja, das ist es auch. Ehrlich gesagt, fällt es mir nicht gerade leicht, darüber zu sprechen. Aber ich glaube, es keinen Sinn, auf den geeigneten Augenblick zu warten, denn der kommt vermutlich nie!"
„Was ist denn?"
„Ich weiß ja, wie sehr du dir Kinder wünschst, und deshalb solltest du auch wissen, dass es da bei mir Probleme geben könnte!"
„Wieso das denn?"

„Ich hatte dir ja schon gesagt, dass wir uns auch Kinder gewünscht haben, meine Exfrau und ich. Aber es hat nicht funktioniert."
„Aber das weiß ich doch. Das hast du mir doch wirklich schon erzählt."
„Ja, aber ich habe dir noch nicht alles gesagt. Nämlich, dass ich berechtigte Zweifel haben muss, ob ich überhaupt Kinder zeugen kann."
„Aber wieso denn? Vielleicht wart ihr einfach nicht kompatibel. Auch das gibt es nämlich."
„Wie meinst du das?"
„Ich meine, dass ihr einfach nicht zusammengepasst habt."
„Nein, es lag an mir, ich habe es doch schwarz auf weiß!"
Ich griff in die Innentasche meiner Jacke und holte den Bescheid des Kinderwunschzentrums heraus.
„Hier, bitte lies das durch!"
Ich übergab ihr das Schreiben mit der Diagnose „Anzahl beweglicher Spermien deutlich vermindert". Bettina las konzentriert. Dann sah sie mir ins Gesicht und sagte mindestens fünf unendlich lange Sekunden gar nichts.
„Aber Süßer! Warum machst du dir nur solche Gedanken?"
„Aber da steht es doch: deutlich verminderte Anzahl beweglicher Spermien! Und du wünschst dir doch Kinder!"
„Aber was heißt das schon? Es steht aber auch, dass du mit achtzig Millionen Spermien ganz gut dabei bist. Es gibt viele Männer, die mit weit weniger als achtzig Millionen noch als zeugungsfähig gelten.
„Aber was nützt das, wenn sie zu langsam sind?"

„Ach Schatz, mach' dir doch nicht so viele Gedanken. Ich habe deine Werte ja nun gelesen. Bei dir kann man allenfalls davon sprechen, dass deine Zeugungsfähigkeit, wenn überhaupt, geringfügig eingeschränkt ist. Und außerdem, der Aussagewert eines einzelnen Spermiogrammes ist so gering. Hast du es in der Praxis gemacht?"
„Ja", gab ich zu.
„Na, siehst du. Da kann man doch sowieso nicht entspannt sein. Möglicherweise wäre eine zuhause gewonnene Spermaprobe viel besser ausgefallen! Ich glaube, du machst dir einfach viel zu viel Gedanken über deine Zeugungsfähigkeit. Die Möglichkeit, dass wir meinetwegen kinderlos bleiben ist viel größer. Und ich dachte, es wäre etwas wirklich Schlimmes."
„Wieso? Woran dachtest du denn?"
„Na ja, wegen der Art, wie du den Schrieb aus der Tasche holtest, dachte ich erst, jetzt kommt so etwas wie HIV-positiv."
„Um Gottes Willen. Denkst du, wirklich, dann hätte ich zugelassen, dass wir ungeschützt zusammen sind?"
„Nein, natürlich nicht. Nur im ersten Moment wusste ich absolut nicht, was jetzt los ist - und da war ich einfach ein bisschen erschrocken. Ist ja auch ungewöhnlich, dass jemand plötzlich das Ergebnis einer Spermauntersuchung aus der Tasche zieht."
„Ja, aber ich wollte einfach, dass du es mit eigenen Augen liest, damit du verstehst, worüber ich mir in letzter Zeit so viel Gedanken gemacht habe!"
„Mach' dir bitte keine Sorgen mehr, ja?"
„Ich versuch' s."
„Ich weiß, dass wir Kinder bekommen werden!"

Sie sagte dies so bestimmt, dass ich mich wirklich wunderte. Woher nahm sie diesen Optimismus, diese Gewissheit? Sie war immerhin Ärztin und musste doch auch ein wenig realistisch sein. Schließlich wusste selbst ich, als medizinischer Laie, dass es für Frauen mit fünfunddreißig ohnehin schon nicht mehr so leicht ist, schwanger zu werden. Zuvor hatte ich bereits in verschiedenen Quellen gelesen, dass Frauen über dreißig bereits nicht mehr ganz so regelmäßig ihren Eisprung haben. Ein Frauenarzt, mit dem ich aus Studienzeiten befreundet war, ging sogar soweit, die Schwangerschaft einer Frau über dreißig, noch dazu, wenn sie zuvor über viele Jahre die Pille genommen hat, als „Sechser im Lotto" zu bezeichnen.

Aber - ich beschloss, fortan nichts mehr dazu sagen. Ich ließ Bettina in ihrem Glauben und war glücklich darüber, dass sie so eine Einstellung hatte. Schließlich hatte ich große Angst, dass sie mich deshalb verlassen würde, denn ich spürte, dass ihr Kinderwunsch sehr stark ausgeprägt war. Auch wenn ich selbst nicht mehr daran glaubte, jemals Vater zu werden, beschloss ich, meine Bedenken für mich zu behalten.

Das Frühjahr nahte und mit ihm unser erster gemeinsamer Urlaub. Kurz entschlossen hatten wir eine Reise nach Zypern gebucht. In einem Hotel direkt am Meer konnten wir endlich in Ruhe ausspannen. Für mich war es der erste Urlaub seit langem.

Es war an einem Samstagmorgen. Wir trafen uns am Frankfurter Flughafen am Lufthansa-Schalter.

„Komm, lass uns gleich einchecken, dann können wir noch einen Kaffee trinken", sagte ich unternehmungslustig.
„Ja, gute Idee!"
Wir stellten uns an. Die Schlange war nicht allzu lang.
„Nach Larnaka!"
„Pässe und Flugtickets bitte!"
„Bitte sehr."
„Ich habe sogar noch einen Fensterplatz."
„Schön!", freute sich Bettina.
Nach einem kurzen Shopping im Duty Free begaben wir uns zu unserem Ausgang. Ich freute mich unbändig auf den vor mir liegenden Urlaub. Den ganzen Flug über unterhielten wir uns über unsere Studienzeit – und buchstäblich „wie im Flug" ging die Zeit herum. Nach etwa drei Stunden hieß es schon wieder: „Fertig machen zum Landen!". Ohne besondere Vorkommnisse erreichten wir wieder festen Boden. Ein Shuttlebus fuhr uns in unser Hotel.
Die ersten Tage verbrachten wir nur damit, am Strand zu liegen und unsere „Batterien aufzuladen". Nach etwa einer Woche begannen wir, die Insel zu erkunden und uns die vielen Sehenswürdigkeiten anzusehen, die Zypern aufgrund seiner vielfältigen Geschichte bietet.
Doch die schönen Tage gingen viel zu schnell vorbei. Kaum dass bei mir der Erholungseffekt einsetzte, mussten wir schon wieder zurück fliegen.
Nach unserer Rückkehr war Bettina verändert. Sie meldete sich kaum noch. Ich hatte den Verdacht, dass sie an der Fortsetzung unserer Beziehung gar nicht mehr interessiert war. Warum nur? Ich konnte

mir keinen Reim darauf machen. Ich beschloss, ihr nicht hinterher zu laufen, sondern passte mich ihrem Verhalten an.
In dieser Zeit dachte ich viel über uns nach. Eine Woche nach unserer Rückkehr von Zypern besuchte mich mein alter Studienfreund Holger übers Wochenende. Wir machten eine lange Waldwanderung und sprachen viel über früher und unsere gemeinsame Studentenzeit. Dabei hielt ich es nicht einmal für nötig, Holger gegenüber meine – für ihn neue - Beziehung zu Bettina zu erwähnen. Holger war unfreiwillig noch solo. Ich vermute bis heute, dass es einfach an seiner gutmütigen Art lag.
„Manuel, wenn wir beide mal übrig bleiben und in zwanzig Jahren immer noch alleine sind, gründen wir eine Männer-WG. Was hältst du davon?"
„Gute Idee!", gab ich zurück.
Ich sagte dies keineswegs nur, um ihm beizupflichten, sondern weil ich die Idee wirklich gut fand. Außerdem wusste ich, dass Holger um ein Vielfaches verträglicher war, als irgendeine Frau, die ich jemals kennen gelernt hatte. Aber warum war ich mir plötzlich so sicher, dass meine Beziehung mit Bettina, wenn es denn überhaupt noch eine war, keine Zukunft hatte? Vielleicht, sagte ich mir, weil mir während dieser Unterhaltung im Wald klar geworden war, warum Bettina mit mir zusammen war. Plötzlich wurde eine Befürchtung, die ich bisher tief in mein Innerstes verbannt hatte, zur traurigen Gewissheit. Ich war nicht mehr als eine Vernunftbeziehung für eine Frau mit Torschlusspanik, die fünfunddreißig war und sich noch Kinder wünschte. Sie hätte sich wohl nie in mich verliebt, wenn wir beide zwanzig

gewesen wären. Da war ich mir mit einem Mal absolut sicher. Also kam ich zu dem Schluss, dass eine Trennung das einzig Richtige war.
Am Montag darauf, es war genau zwei Wochen nach dem Rückflug nach Deutschland, piepste mein Handy. Bettina und ich waren ursprünglich für diesen Abend verabredet. Ich wollte endlich „klar Schiff" machen und hatte sie um eine Unterredung gebeten. Doch sie hatte am Nachmittag mit einer fadenscheinig klingenden Begründung abgesagt. Nun las ich auf meinem Handy:
„Könntest du bitte doch kommen? Wäre wichtig! Bettina"
Was konnte das nur heißen? War sie etwa schw... - ich traute mich kaum, das Wort zu Ende zu denken. Aber nein! Das konnte gar nicht sein. Ich konnte doch keine Kinder zeugen. Schließlich hatte ich über drei Jahre ungewollte Kinderlosigkeit hinter mir - und meine Exfrau hatte ein Kind, von einem Anderen. Bettina konnte überhaupt nicht schwanger sein, und doch hörte es sich für mich fast so an.
„Klar komme ich!", simste ich zurück.
Ich setzte mich in meinen Wagen und fuhr los. Die gute halbe Stunde, die ich normalerweise für die gewohnte Strecke brauchte, zog sich endlos in die Länge. Konnte Bettina wirklich schwanger sein? Wieder und wieder überlegte ich hin und her. Nein, diktierte mir meine Vernunft, sie war fünfunddreißig und ich hatte doch so oft gelesen, wie gering die Chance schon allein wegen des Alters war - von meinem schlechten Spermiogramm ganz zu schweigen. Aber was konnte es sonst sein? Was war so wichtig? Im-

mer wieder sagte ich diesen Satz aus ihrer SMS vor mich hin:

„Könntest du bitte doch kommen? Wäre wichtig!"
Und überhaupt, schoss es mir durch den Kopf, nahm sie doch die Pille - oder etwa nicht?
Endlich hatte ich es geschafft. Ich parkte meinen Wagen neben dem ihrem, sprang aus dem Auto und rannte die Treppen zu ihrer Wohnung hinauf. Mein Herz klopfte zum Zerspringen, als ich die Wohnungstür aufschloss.
„Schön, dass du gekommen bist, Manuel!", rief sie aus dem Wohnzimmer. Ich ging zu ihr hinein.
„Hallo! Das war ja eine Überraschung, nach deiner Absage diese SMS von dir zu bekommen", sagte ich atemlos. Bettina saß auf dem Sofa.
„Setz' dich mal zu mir!", sagte sie und lehnte sich in die Polster zurück.
An ihrem Blick erkannte ich, dass sie sich wie jemand fühlte, der einen hohen Trumpf im Ärmel hat. Gespannt setzte ich mich neben sie und sah ihr ins Gesicht.
„Du wirst Vater!"
Die Welt schien auf einmal still zu stehen. Für die unendliche Dauer von zehn Sekunden brachte ich keinen Ton heraus. Und genau in diesen zehn Sekunden veränderte sich alles. Endlich fand ich wieder zu Wort.
„Nein!!! Das gibt es nicht!"
„Doch, Manuel, du wirst Vater!"
„Bist du ganz sicher?"
„Ja. Kein Zweifel. Ich habe heute Nachmittag den Test gemacht."
„Hast du ihn noch?"

Sie ging ins Badezimmer. Als sie zurück kam hielt sie mir den Teststreifen mit „positiv" unter die Nase. Es gab keinen Zweifel. Aber wie konnte das sein? Drei Jahre kinderlose Ehe mit einer Frau, die bereits ein Kind hatte, hatten doch bewiesen, dass es nur an mir liegen konnte. „Unsere Tochter kann Kinder bekommen, *sie* ist fruchtbar, das hat sie bereits gezeigt, du aber nicht!", schossen mir die Worte meiner Exschwiegermutter durch den Kopf. Was war geschehen? Kaum lernte ich eine andere Frau kennen, die immerhin schon im kritischen Alter für eine Empfängnis war, und sie wird sofort schwanger!
„Wann hast du eigentlich die Pille abgesetzt?"
„Kurz vor unserem Zypern-Urlaub. Wir hatten doch gesagt, wir wollten es in Gottes Hand legen."
Stimmt, das hatte ich einmal gesagt. Irgendwie hatte ich das Gefühl zu träumen. Das war doch einfach zu schön, um wahr zu sein! Ich sollte dieses wundervolle Glück doch noch erleben dürfen, wie alle meine Freunde! Dabei hatte ich mich doch bereits damit abgefunden, kinderlos zu sterben. Und nun war plötzlich alles anders. Unsere Sprache ist zu arm, um das Gefühl zu beschreiben, das ich damals empfand. Alles andere trat in den Hintergrund. Aber wie würde es nun weitergehen? Bis eben hatte ich mich schließlich von Bettina trennen wollen. Aber jetzt war alles anders. Nichts würde mehr so sein, wie es einmal war, nichts, einfach gar nichts. Das jedenfalls war mir klar.
„Aber es ist noch so frisch. Wie groß ist denn die Gefahr, dass es sich nicht einnistet und noch abgeht?"

„Denk doch nicht an so was. Ich weiß, dass ich es nicht verliere! Aber selbst wenn, der Herr hat' s gegeben, der Herr hat' s genommen! Aber er wird' s nicht nehmen. Ich bin so glücklich, dass ich schwanger bin!"

„Wir sollten jetzt versuchen zu schlafen. Ich habe morgen einen harten Tag vor mir!"

Ich sagte diese Worte, wohl wissend, dass ich überhaupt nicht in der Lage sein würde, auch nur ein Auge zuzumachen. Ich ging ins Badezimmer, um mir die Zähne zu putzen. Bettina lag schon im Bett, als ich ins Schlafzimmer kam. Ich schlüpfte auf meiner Bettseite unter die Decke. Gerne hätte ich Bettina mit der Hand über den Bauch gestreichelt. Aber sie kauerte sich total zusammen und kroch ganz weit auf ihre Seite. Für mich war das Signal eindeutig. Es lautete: „Lass' mich in Ruhe!" Ich fühlte mich ausgestoßen und war geschockt über ihre Gefühlskälte. Aber es nützte alles nichts. Jetzt musste ich kämpfen, denn schließlich ging es um das Kind, um unser Kind.

Am nächsten Morgen klingelte der Wecker, wie immer wenn Bettina Frühdienst hatte, um kurz nach sechs. Nach einem kurzen „Frühstück", das wie üblich nur aus einer Tasse Kaffee bestand, fuhr ich nach Hause. Bettina hatte mich so kühl verabschiedet, dass ich mir wie ein Fremder, aber nicht wie der Vater ihres Kindes vorkam. Ich stieg in meinen Wagen und fuhr davon. Die ganze Fahrt über hörte ich immer wieder die drei Worte: „Du wirst Vater!" und fragte mich, ob sie in die reale Welt gehörten. Auf jeden Fall beschloss ich, zunächst noch niemandem ein Wort davon zu erzählen. Auch meine Eltern wollte ich noch nicht einweihen. Zu groß war meine

Angst, dass Bettina das Kind in den nächsten Tagen noch verlieren könnte. Und ich wusste doch, dass meine Eltern sich nichts mehr wünschten als ein Enkelkind.
Ein paar Tage später klingelte dann das Telefon. Es war Bettina, die mir eröffnete, dass sie gerade von Frauenarzt käme.
„Du kannst völlig beruhigt sein! Das Kind sitzt genau da, wo es sein soll, ist zwei Zentimeter groß und hat schon einen Herzschlag!"
„Aber das ist ja wunderbar. Damit ist eine Bauchhöhlenschwangerschaft also auch ausgeschlossen!"
„Ja, definitiv. Es ist alles bestens!"
Ich war sehr erleichtert. Schließlich wusste ich aus meinem Bekanntenkreis von mehreren Schwangeren, die ihre Kinder deshalb verloren hatten, weil sie sich nicht einnisteten.
Die größte Angst war nun überstanden.
„Soll ich heute Abend vorbeikommen und wir feiern das mit einer Flasche Sekt?"
„Nein, das ist keine gute Idee. Erstens mal darf ich sowieso keinen Alkohol trinken und außerdem muss ich morgen wieder um sechs Uhr raus."
„Aber ein Gläschen geht doch oder? Nur ein winziger Schluck."
„Nein, lieber nicht. Ein andermal."
Ich wusste, dass jeder Versuch sie umzustimmen, sinnlos gewesen wäre. Was blieb mir also anderes übrig, als mich zu fügen. Dennoch konnte ich ihre Haltung nicht verstehen. Ich versuchte, nicht allzu viel hinein zu interpretieren und war einfach nur überglücklich darüber, dass alles bestens war. Unser Kind war gesund und das war das Allerwichtigste,

auch wenn ich ihr Verhalten als abweisend und kalt empfand. Obwohl mir alleine nicht nach Feiern zumute war, öffnete ich meine letzte Flasche Rotwein, die ich im Haus hatte. Ein spanischer Gran Reserva. Seit meiner Referendarzeit hatte ich eine Schwäche für diesen Wein. Aber jetzt schmeckte er irgendwie nicht richtig. Nachdem ich die halbe Nacht mit Grübeln und Trinken verbracht hatte, legte ich mich schließlich auf das Sofa und schaltete zur Ablenkung das Fernsehgerät ein, bis mich endlich doch die Müdigkeit überkam und ich einschlief.
Am nächsten Morgen musste ich sehr früh aufstehen, weil ich einen auswärtigen Gerichtstermin hatte und dorthin ziemlich weit fahren musste. Am Abend aber rief ich Bettina an.
„Na, wie war dein Tag?", wollte ich wissen.
„Es geht so. Und bei dir?"
„Ich hatte einen auswärtigen Gerichtstermin in einer Wettbewerbssache. Ist ganz gut gelaufen. Und wie fühlst du dich?"
„Nicht so besonders. Aber immerhin musste ich mich heute mal nicht übergeben."
„Na, da bin ich aber froh!"
„Ach, es ist im Grunde nicht die Schwangerschaft, die mich stresst."
„Nein? Was denn dann?"
Ich spürte, dass da noch etwas ganz anderes im Busch war.
„Sag' mir doch, was du hast! Freust du dich etwa nicht mehr, dass du schwanger bist?"
„Ich freue mich auf das Kind. Aber ich denke es ist besser, wenn ich es allein aufziehe!"

Diese Worte trafen mich wie ein Dolchstoß in den Rücken. Ich kann gar nicht ausdrücken, wie unendlich viel dieser Augenblick in mir zerstörte. Wie konnte sie so etwas sagen? Was war in sie gefahren, dass sie auf solche Ideen kam? Was war passiert? Konnte es die Hormonumstellung sein? Ein guter Freund hatte mir kurz zuvor noch erzählt, dass er seine Frau während ihrer Schwangerschaft nicht wieder erkannt hätte - es sei gewesen, als hätte er damals eine andere Frau gehabt.
„Das meinst du hoffentlich nicht im Ernst!" Fast flehte ich Bettina an.
„O doch!"
„Was ist denn bloß in dich gefahren?"
„Nichts. Mir ist nur klar geworden, dass ich besser alleine zurecht komme, als mit dir."
Ihre Worte klangen so eiskalt, dass es mir die Sprache verschlug. Ich hatte das Gefühl regelrecht den Boden unter den Füßen zu verlieren. Noch bevor ich etwas entgegnen konnte, hatte sie den Hörer aufgelegt.
Ein Schaudern überkam mich bei dem Gedanken, als Vater ausgestoßen zu sein. Natürlich wusste ich, dass ich gegen ihren Willen über das Umgangsrecht hinaus keinerlei Rechte würde durchsetzen können. Ich hätte keine Chance auf ein gemeinsames Sorgerecht. Ich muss sofort zu ihr, dachte ich. Aber was konnte ich damit bewirken? Ich kannte sie mittlerweile gut genug um zu wissen, dass es keinen Sinn haben würde. Vermutlich würde sie mir nicht einmal die Tür öffnen. Zurückzurufen wäre ebenfalls zwecklos, sie würde nicht ans Telefon gehen. Gar nichts konnte ich tun.

Ich konnte nur abwarten, bis sie sich wieder meldete. Aber es fiel mir schwer. Die ganze Nacht wälzte ich mich hin und her, ohne ein Auge zuzutun.
Am nächsten Morgen war ich kurz davor, Bettina eine SMS zu schreiben. Ich hatte bereits mein Handy genommen und zu tippen begonnen. Aber dann wurde mir wieder klar, dass es falsch gewesen wäre und so steckte ich das Telefon wieder weg. Am Abend dann endlich der erlösende Anruf: Bettina war wie ausgewechselt. Sie war nicht wieder zu erkennen und tat so, als ob es den gestrigen Abend überhaupt nicht gegeben hätte. Launische Menschen sind etwas Schreckliches, dachte ich. Aber egal, ich war ja froh, dass sie sich überhaupt meldete.
„Kommst du heute vorbei?", fragte sie in einem Tonfall, als ob nichts gewesen wäre.
„Ja, ich denke, das sollte ich tun", gab ich kühl zurück. „Passt dir neunzehn Uhr?"
„Ja, das ist okay!", sagte sie bestimmt.
„Dann bis nachher, ich freue mich!"
„Ich auch!"
Ein Glück, sie hatte sich wieder gefangen. Aber wie lange würde dieser Zustand andauern? Ich traute der Sache nicht. Dennoch stieg ich in meinen Wagen und fuhr los. Die Fahrt kam mir diesmal kürzer vor. Der Verkehr hielt sich in Grenzen. Gerade wollte ich klingeln, als die Tür bereits von alleine aufging. Sie hatte also bereits mein Auto gesehen. Konnte sie es etwa gar mich erwarten, mich wieder zu sehen?
„Hallo", begrüßte sie mich, während sie mir einen flüchtigen Kuss gab.
„Schön, dass du deine Meinung geändert hast!"
„Ach, hör doch auf!"

„Na ja, immerhin wolltest du bei unserem letzten Telefonat noch unser Kind alleine aufziehen."
„Wenn du davon anfängst, kannst du gleich wieder gehen!"
„Ist ja schon gut. Entschuldige bitte!"
Ich sagte diese Worte, ohne wirklich davon überzeugt zu sein. Wofür hätte ich mich entschuldigen müssen? Dafür, dass sie zuvor launisch gewesen war und nicht mit mir reden wollte? Ich verstand meine eigene Reaktion nicht. Doch sie war schließlich schwanger, versuchte ich mich zu trösten. Dürfen schwangere Frauen nicht alles?
Sie verzog das Gesicht in der ihr eigenen Art, so als ob sie gerade einen Schluck von drei Wochen abgestandenem Bier getrunken hätte. Dann schaute sie mich an, als ob sie „musst du mich gerade jetzt daran erinnern" sagen wollte und setzte sich auf die Couch in der anderen Ecke des Wohnzimmers. Dann streichelte sie ihre Katze, die es sich dort ebenfalls bequem gemacht hatte. Ich hatte das Gefühl, dass ihr das Ganze furchtbar peinlich war.
„Willst du nicht endlich sagen, was eigentlich los ist?", fragte ich gelassener als mir zumute war.
„Ich habe mit meinen Eltern gesprochen!"
„Wieso denn das?"
„Ich habe ihnen gesagt, dass ich ein Kind bekomme!"
„Und?"
„Sie haben gesagt, dass ich selbstverständlich zu ihnen ziehen kann und sie sind einverstanden, dass wir heiraten!"
Hatte ich richtig gehört? Zuerst wollte Bettina das Kind alleine aufziehen und jetzt sprach sie von

Hochzeit? Wie konnte es zu solch einem Sinneswandel in so kurzer Zeit kommen?
„Du sagst ja gar nichts!"
„Ehrlich gesagt, weiß ich nicht, was ich sagen soll. Ich hätte mit allem gerechnet, aber damit nicht."
„Aber warum denn nicht?"
„Weil du noch vor sehr kurzer Zeit nicht gerade großen Wert darauf zu legen schienst, dass unser Kind mit seinem Vater aufwächst."
„Da wusste ich ja noch nicht, wie meine Eltern reagieren würden, und sie haben es viel besser aufgenommen, als ich je zu hoffen wagte."
„Na, das klingt aber nicht gerade nach einer Liebesheirat!"
„Wie kannst du nur so etwas sagen?"
„Ganz einfach. Ich habe nach deiner Erzählung nicht ernsthaft das Gefühl, dass du mich wirklich heiraten willst. Es klingt nicht nach einer autonomen Entscheidung."
„Und was heißt das nun?"
„Ich will damit sagen, dass zwei Menschen, die heiraten wollen, in erster Linie eins sein müssen, nämlich frei!"
„Und?"
„Du bist aber nicht frei. Du bist offenbar ans Kreuz deiner Eltern genagelt. Wenn deine Eltern sagen, du kannst zu ihnen ziehen, zögerst du keine Sekunde, das auch zu tun. Der Gedanke, zum Vater deines Kindes zu ziehen, kommt dir anscheinend gar nicht erst. Das ist zu viel. Das muss ich erst mal verdauen!"
Mit diesen Worten verließ ich die Wohnung, zog die Tür hinter mir zu und lief die Treppe hinunter. Ich

weiß nicht, wieso ich plötzlich den Mut dafür aufbrachte. Es hatte sich einfach zu viel aufgestaut. Die ganze Zeit hatte ich alles weggesteckt, aber nun platze es aus mir heraus. All der Frust der letzten Monate. Immer hatte ich gedacht, mir alles gefallen lassen zu müssen, weil sie doch schwanger war und es um das Kind ging. Aber jetzt war mir klar, dass das falsch war, so falsch wie ein Sieben-Euro-Schein.

In den kommenden Tagen und Wochen hörte ich erst einmal nichts mit von ihr, außer, dass sie mir über meine Eltern ausrichten ließ, bis zur Geburt des Kindes nichts mit mir zu tun haben zu wollen, was mich nicht im Geringsten überraschte. Folgerichtig versuchte ich gar nicht erst, mit ihr Kontakt aufzunehmen. Aber ich schrieb mir meine Gedanken in einem langen Brief von der Seele, den ich ihr, ganz ihrem Wunsch entsprechend, erst kurz nach der Geburt des Kindes zusandte. Als unsere Tochter dann auf die Welt kam, normalisierte sich die Situation zum Glück wieder und heute haben wir ein fast normales Verhältnis. Wir wissen beide, dass wir über das Kind hinaus keine Gemeinsamkeiten haben, aber wir raufen uns zusammen, zum Wohle unserer Tochter. Ein Kind ist einfach das Größte, was es gibt und immer wieder ein Wunder, wenn es passiert. Ich nutze jede Möglichkeit, meine Tochter zu sehen und Bettina versucht auch nicht, es zu verhindern. Sie weiß genau, dass sie die Kontakte nicht untergraben kann, andernfalls würde sich dies später rächen. Auch ist sie zu intelligent, um nicht zu wissen, dass ein Kind beide Elternteile braucht und auch das Recht auf beide Elternteile hat. Ich habe eine Tochter und darüber bin ich unendlich glücklich. Ich habe eine

Tochter, obwohl mir die Ärzte im Kinderwunschzentrum mehr oder weniger prophezeit haben, dass ich kinderlos bleiben würde. „Unsere Tochter hat bewiesen, dass sie Kinder bekommen kann, *du* bist zur Zeugung nicht in der Lage!", pflegte meine Exschwiegermutter immer zu sagen. Wenn ich an die vielen Ärzte denke, der meine Exfrau und ich auf unserem langen Leidensweg der ungewollten Kinderlosigkeit begegnet sind, dann kann ich mich nur immer wieder wundern. Wenn man denen gegenüber auch nur wagte, zu erwähnen, dass es Menschen gibt, die dann Kinder bekommen, wenn sie den Kinderwunsch aufgeben, erntete man bestenfalls eine mitleidvolles Lächeln, oder wurde damit abgetan, dass es so etwas nur in Romanen, aber nicht im realen Leben gäbe. Aber auf der anderen Seite ist es für sie einfach schwierig, zuzugeben, dass die Fortpflanzungsmedizin immer noch weitestgehend in den Kinderschuhen steckt. Wunder geschehen jedenfalls immer wieder, meistens dann, wenn man nicht damit rechnet. Und ein Kind ist und bleibt das größte aller Wunder.

Behandlungsfehler

Im Frühling des Jahres darauf trat ich eine neue Stelle in Hamburg an. Ich zog in den Norden und begann dort ein gänzlich neues Leben.
Allerdings dauerte es nicht lange, bis ich erneut mit dem Thema „Beschneidung" in Berührung kam. Es war an einem Montagmorgen. Ich kam wie gewöhnlich gegen halb neun ins Büro und prüfte als erstes wie üblich mein E-Mail-Fach auf neue Nachrichten. Ich glaubte meinen Augen nicht zu trauen, als ich die Nachricht las.
Unter dem Betreff „Behandlungsfehler" schilderte eine Mutter, dass man ihren dreieinhalb Jahre alten Sohn ohne medizinische Indikation radikal beschnitten habe. Das Ganze klang so abenteuerlich, dass ich die E-Mail mehrmals lesen musste. Sollte so etwas wirklich möglich sein? Ich kam ins Grübeln. Nach ein paar Minuten beschloss ich, mich der Sache anzunehmen und der Mutter zu antworten. Nachdem ich eine Antwortmail verfasst hatte, ließ der Anruf nicht lange auf sich warten.
„Wir möchten gerne, dass sie uns als Anwalt in dieser medizinrechtlichen Angelegenheit vertreten!"
„Wie genau ist es denn dazu gekommen?"
„Die ganze Sache belastet unsere Familie sehr! Alles fing damit an, dass mein Sohn wegen eines Leistenbruches operiert werden musste."
„Aber wieso wurde er dann beschnitten?"
„Er zupfte immer ein bisschen an seinem Penis herum."

„Und das war alles? Deshalb haben sie ihn beschneiden lassen? Oder hatte er irgendwelche Beschwerden?"
„Nein, überhaupt nicht."
„Also keine Entzündungen oder Ähnliches?"
„Nein."
„Dann verstehe ich das Ganze in der Tat nicht."
„Aber ich hätte ihn doch nie beschneiden lassen, wenn ich gewusst hätte, dass man seine Vorhaut hätte erhalten können."
„Haben sie sich denn schon einmal an Ihre Kinderärztin oder das Krankenhaus gewandt?"
„Ja!"
„Und was haben sie gesagt?"
„Die waren völlig uneinsichtig und haben so getan, als ob ich die Operation unbedingt gewollt hätte."
„Und haben sie schon die Behandlungsunterlagen eingesehen?"
„Nein, die haben sie nicht herausgegeben."
„Dann werde ich als Erstes die Unterlagen herausverlangen, denn dazu ist das Krankenhaus verpflichtet."
„Das heißt, sie werden den Fall für uns übernehmen?"
„Ja, das werde ich."
Ich sagte das, ohne auch nur eine Sekunde darüber nachzudenken. Denn ich wollte einfach wissen, ob so etwas wirklich möglich ist. Hinzu kam, dass genau zu dieser Zeit in Hamburg ein Prozess gegen eine Ärztin begonnen hatte, die einem vier Jahre alten Jungen im Rahmen einer Vorhautoperation eine viel hohe Dosis Glukose injizierte und den Jungen damit tötete. Die lokalen Hamburger Medien waren voll

von diesem Fall. Was mich wunderte, war allerdings die Tatsache, dass zwar alle Welt mit dem Finger auf die Narkoseärztin zeigte, aber niemand die Frage aufwarf, ob die Beschneidung eines Vierjährigen wirklich erforderlich war.

Bei meinen Recherchen zu diesem Fall stieß ich schnell nicht nur auf die Phimose-Richtlinien der Deutschen Gesellschaft für Urologie, sondern auch auf eine sehr interessante Presseerklärung des 56. Urologenkongresses, wonach die Vorhaut eines Jungen erst etwa ab dem fünften Lebensjahr überhaupt vollständig zurückziehbar sein sollte. Eines der Hauptthemen dieses Kongresses war Kinderurologie. Dabei ging es primär um die Frage, ab welchem Alter und in welchen Fällen bestimmte Operationen vorzunehmen seien.

„Das ist ja interessant!", dachte ich bei mir. Da werden dreieinhalb bzw. vier Jahre alte Jungen so einfach beschnitten, obwohl die Vorhaut in diesem Alter noch gar nicht unbedingt völlig zurückziehbar sein sollte. Warum fällt so etwas niemandem auf? Ich beschloss der Sache weiter nachzugehen.

Bereits am nächsten Morgen schrieb ich die Kinderarztpraxis und das Krankenhaus an und forderte sie auf, die Behandlungsunterlagen herauszugeben. Natürlich wurden alle Vorwürfe, wie zu erwarten, empört zurückgewiesen. Ein gerichtliches Verfahren wurde damit unvermeidlich. Und so reichte ich schließlich Klage ein. Ob es gelingt, ein Urteil für die sexuelle Selbstbestimmung kleiner Jungen zu erstreiten, die beschnitten werden, ohne die Chance, sich dazu zu äußern? Ich weiß es nicht.

Beschneidung heute

Wer beschnitten ist oder sich beschneiden lassen möchte, wird schnell feststellen, dass die männliche Beschneidung in Deutschland immer noch weitgehend ein Tabuthema ist. Im Gegensatz zur Beschneidung von Mädchen, über die inzwischen eine sehr umfangreiche Literatur existiert, ist die Beschneidung von Jungen bislang höchst selten problematisiert worden. Eine der wenigen Ausnahmen, „Das verletzte Geschlecht" von David Gollaher, ist derzeit auf dem deutschen Markt nicht erhältlich. Wer das Buch dennoch lesen will, was ich im Übrigen nur empfehlen kann, muss schon einige Anstrengungen unternehmen. Denn entweder er hat Glück und findet es gebraucht auf irgendeinem Bücherflohmarkt oder aber er bestellt sich die Originalausgabe aus den USA, wo das Buch zumindest bis vor kurzer Zeit noch zu erhalten war. Anscheinend misst dem Thema, jedenfalls in der Literatur, kaum jemand eine rechte Bedeutung bei. „Der Beschneidungsskandal" von Hanny Lightfoot-Klein beschäftigt sich zwar weitgehend mit den Folgen der weiblichen Genitalverstümmlung, doch wird der männlichen Beschneidung erfreulicher Weise immerhin ein Kapitel gewidmet. Sowohl Gollaher als auch Lightfoot-Klein stellen ausführlich die Geschichte der Beschneidung dar. Was die männliche Beschneidung betrifft, so beschreibt Gollaher, dass einer der Gründe, aus denen sich dieses Ritual so lange hält bzw. überhaupt aufkommen konnte, in der Verhinderung der Masturbation liege. Hält man sich die Situation im puritani-

schen Amerika des 19. Jahrhunderts vor Augen, so wirkt diese Theorie zumindest nicht allzu weit hergeholt. Lange Zeit wollte ich nicht glauben, dass ein Land wie die Vereinigten Staaten in puncto Sexualaufklärung und Masturbation wirklich so wenig fortschrittlich und immer noch den Moralvorstellungen des 19. Jahrhunderts verhaftet ist. Anderseits spricht die aktuelle Entwicklung, denkt man beispielsweise an die Nominierung von Sarah Palin als Vizepräsidentschaftskandidatin der Republikanischen Partei, einer Politikerin, die stets sexuelle Enthaltsamkeit predigte und gegen die Sexualaufklärung von Teenagern an Schulen eintrat, eine recht eindeutige Sprache. Bemerkenswert in diesem Zusammenhang ist allerdings, dass gerade ihre Tochter mit siebzehn schwanger wurde. Eine Meinung hierzu möge sich jeder selbst bilden.
Von Gegnern der Beschneidung wird häufig ins Feld geführt, die Verhinderung bzw. Erschwerung der Masturbation sei der wahre, vielleicht sogar einzige Grund dafür, weshalb sich ein Ritual wie die routinemäßige Beschneidung an männlichen Säuglingen in einem ansonsten doch so fortschrittlichen Land wie den USA so lange gehalten habe bzw. immer noch hält - auch wenn so ganz allmählich ein leichter Rückgang zu verzeichnen ist. Demgegenüber führen Befürworter der Beschneidung immer wieder die bessere Intimhygiene sowie den Schutz der Partnerin vor Gebärmutterhalskrebs ins Feld. Hinzu kommt neuerdings auch noch das Argument, eines angeblich bis zu 60 Prozent niedrigeren Risikos einer HIV- Infektion.

Ganz anders stellt sich die Situation im Internet dar. Hier stehen sich Gegner und Befürworter bereits seit geraumer Zeit ziemlich unversöhnlich gegenüber. Wer sich heute über Beschneidung informieren möchte und das Thema „googelt", wird, je nach Sichtweise, entweder zu Seiten geführt, die mehr oder weniger jedem Mann empfehlen, sich beschneiden zu lassen, sei es aus hygienischen Gründen oder auch zur Orgasmusverzögerung, oder er gerät an strikte Beschneidungsgegner, die dringend von einer Beschneidung abraten. In unzähligen Foren diskutieren Betroffene die Folgen der Beschneidung und ihre Auswirkung auf das Sexualleben. Auf Seiten wie beispielsweise www.eurocirc.de wird dabei stets betont, dass eine Beschneidung keinerlei negative Auswirkungen auf das Sexualleben eines Mannes habe.

So wie ich seinerzeit lernte, die ungewollte Kinderlosigkeit zu akzeptieren, ohne freilich zu ahnen, dass sich dieser Zustand jemals ändern würde, so stehe ich heute zu meiner Beschneidung. Ich bin beschnitten. Na und? Wenn ich mich heute irgendwo nackt zeige, beispielsweise in der öffentlichen Sauna und ich erstaunte Blicke ernte, stelle ich mir schon manchmal die Frage, was mag der- oder diejenige wohl denken? Wie mag sich das anfühlen mit ständig nackter Eichel?", „Ist er jetzt besser oder schlechter im Bett?"

Beim Chatten im Internet liest man auch immer dieselben Beiträge von Menschen, die entweder selbst beschnitten sind und sich mit anderen austauschen möchten, oder aber anderen unbedingt von der Beschneidung ab- oder ihnen dazu raten wollen. Ich möchte weder das Eine noch das Andere. Diese

Entscheidung muss jeder Mann für sich allein treffen. Es sollte aber auch jeder die Chance bekommen, dies zu tun. Damit meine ich, dass keinem Jungen diese Entscheidung von seinen Eltern oder gar von Ärzten abgenommen werden sollte. Das mag jetzt befremdlich klingen, entspricht jedoch leider teilweise den Tatsachen. Jedenfalls habe ich diese Erfahrung gemacht. Was mich in diesem Zusammenhang immer wieder erstaunt, ist die Tatsache, dass im Vorfeld von medizinisch (angeblich) indizierten Beschneidungen immer noch so gut wie keine ordentliche Aufklärung stattfindet. Dies gilt zum einen für die unterschiedlichen Beschneidungsarten, zum anderen aber auch für konservative Behandlungsmethoden. Nach Meinung mancher Fachleute, seien es nun selbst ernannte Experten oder nicht, wären 90% aller Vorhautverengungen durch Dehnen im warmen Wasser bzw. mit Babyöl in den Griff zu bekommen. Tatsächlich jedoch gibt es viele Ärzte bzw. Ärztinnen, die Jungen mit zu enger oder manchmal auch nur zu langer Vorhaut sofort zur Beschneidung schicken, ohne konservative Behandlungsmethoden auch nur zu erwähnen oder zu erwägen. Wenn man sich die OP-Aufklärungsbögen anschaut, kann man kaum glauben, dass Eltern dort einfach ankreuzen können, dass sie die Beschneidung ihres Jungen wünschen, sei es aus „religiösen oder sonstigen Gründen". Der Jurist Dr. Holm Putzke, der in jüngster Zeit relativ viel zum Thema „Beschneidung" veröffentlichte, vertrat in einem 2008 veröffentlichten Aufsatz die Auffassung, dass die Beschneidung von nicht einwilligungsfähigen Jungen selbst dann eine rechtswidrige Körperverletzung darstelle, wenn die Sorgeberechtigten in den Eingriff eingewilligt haben. Was die unterschiedlichen Beschneidungsstile angeht, so wird meiner Meinung nach viel zu wenig darüber aufgeklärt, wie sehr sich die verschiedenen Beschneidungsarten gefühlsmäßig auswirken, je nachdem wie viel von der inneren Vorhaut erhalten bleibt. Diese Aufklärung halte ich jedoch für sehr wichtig. Man mag die Amerikaner kritisieren für ihre Beschneidungsfreudigkeit, schließlich wurden in den USA lange Zeit fast alle Jungen kurz nach der Geburt routinemäßig beschnitten, lobend erwähnen sollte man jedoch die Tatsache, dass Beschneidungen in Amerika praktisch ausnahmslos „high & tight" d.h. unter größtmöglichem Erhalt des inneren Vorhautblattes durchgeführt werden. In Deutschland wird hingegen häufig immer noch „low & tight" bzw. „low & loose" beschnitten. Hier wäre durch eine ordnungsgemäße Aufklärung schon viel gewonnen. Hierzu beizutragen soll eines der Ziele dieses Buches sein. Diesbezüglich würde ich mich freuen, ein wenig zu dieser Aufklärung beitragen zu können. Doch Papier ist geduldig. Aus diesem Grunde habe ich beschlossen, eine Stiftung zu gründen, die genau dieses Ziel verfolgt. Nicht um ideologisch gegen Beschneidungen zu Felde zu ziehen oder gar, wie es in USA derzeit angeblich Mode ist, die Wiederherstellung der Vorhaut zu propagieren, sondern um zu informieren und Beschnittenen eine Plattform zu geben. Unter der Überschrift „Gefangen in Schweigen" schildert Christian M. auf der Seite www.phimose-info.de seine eigenen Erlebnisse im Zusammenhang mit der Beschneidung. Ich denke, dass es an der Zeit ist, dieses Schweigen endlich auch in Deutschland zu beenden.

Montagmorgen

Es ist ein regnerischer Montagmorgen gegen halb acht. Ich sitze, wie um diese Zeit üblich, in der S-Bahn auf dem Weg in mein Hamburger Büro und lese wie immer die Zeitung. Da ich an diesem Morgen etwas schneller mit dem Politikteil fertig geworden bin, habe ich sogar noch Zeit, für die heutige Folge des derzeit abgedruckten Fortsetzungsromans „Ich bin Du und Du bist tot", von Dagmar Seifert. Ursprünglich wollte ich mir das Buch kaufen, doch dann beschloss ich das Geld lieber zu sparen und den Roman ratenweise im Hamburger Abendblatt zu verfolgen. Die Stelle, an der ich für einen Augenblick hängen bleibe, macht mich nachdenklich und lässt mich zugleich schmunzeln. Erzählt wird der Dialog zweier Frauen über ihre Erfahrungen mit Männern: „In Europa sind die Männer nicht beschnitten, oder?", lese ich dort.
Neben mir sitzt eine junge Frau von vielleicht fünfundzwanzig Jahren, blond, sehr hübsch mit einer äußerst schlanken Figur. Ich sehe, dass sie ebenfalls das Hamburger Abendblatt vor sich hat und den Fortsetzungsroman liest, so wie ich es tue. Gerade wende ich mich für einen kurzen Moment von meiner Zeitung ab, als unsere Blicken sich treffen. Sie muss grinsen. Ob sie gerade dasselbe gelesen hatte wie ich? Was würde sie wohl denken, wenn sie wüsste, dass ich auch beschnitten bin? Aber wieso mache ich mir überhaupt solche Gedanken? Ist es nicht doch völlig egal, ob „Mann" beschnitten ist oder nicht? Vielleicht ist ja die Zahl der Frauen, die überhaupt einen

Unterschied zwischen beschnittenen und unbeschnittenen Männern machen, viel geringer als bisher angenommen. Andererseits, vielleicht ist ja die Unterhaltung der beiden Frauen im Roman „Ich bin Du und Du bist tot" über die „Qualität" beschnittener Männer ausgesprochen realistisch und wahrheitsgetreu, ich weiß es nicht. Die nächste Haltestelle ist meine. Ich stehe auf, falte die Zeitung zusammen und stecke sie in meine Tasche.
„Tschüss!", sage ich im Aufstehen zu meiner Nachbarin und begebe mich zur Ausgangstür. ‚Irgendwie schade', denke ich, ‚ich werde nie erfahren, wie sie zu dem Thema steht.' Aber es gibt nun mal Dinge, die sich nicht ergründen lassen. Das Pärchen, an dem ich vorbeikomme liest die Bildzeitung. „Vater ließ seinen Sohn (8) heimlich beschneiden", lautet die riesige, nicht zu übersehende Überschrift. Erzählt wird die Geschichte eines Türken, der mit seinem Sohn in die Türkei reist, um ihn dort hinter dem Rücken der Mutter beschneiden zu lassen. „Mami, ich will meinen alten Puller zurück!", soll der Junge angeblich gerufen haben. Seine Mutter jedenfalls stellte gegen ihren Exmann deswegen Strafanzeige. Irgendwie seltsam, heute morgen scheint das Thema Beschneidung allgegenwärtig - und das, obwohl sich eigentlich niemand dafür interessiert. Sämtliche Leserbriefe, die sich mit dem Thema beschäftigen, werden anscheinend abgelehnt. Ich steige aus und halte noch einen Augenblick inne. In etwa zwölf Stunden werde ich wieder in der S-Bahn sitzen, um nach Hause zu fahren. Wie viele Jungen werden wohl bis dahin beschnitten werden? „Während Sie diesen Satz lesen, ist statistisch gesehen schon wieder

einem Jungen die Vorhaut abhanden gekommen." So oder so ähnlich beginnt eine Seite im Internet, die gegen die männliche Beschneidung eintritt. Demzufolge müssten es ... Nein, lieber nicht nachrechnen. Besser gar nicht erst darüber nachdenken. Nachdenken ist Gift. Es bringt sowieso nichts. Vielleicht interessiert sich überhaupt niemand dafür, ob Jungen beschnitten werden oder nicht. Schließlich will ja auch niemand einen Leserbrief zu dem Thema abdrucken. Mit einem Milchkaffee in der Hand, den ich mir noch schnell in einer nahe gelegenen Bäckerei hole, laufe ich die letzten Schritte zu meinem Büro. Dann starte ich in einen ganz normalen Arbeitstag, ohne besondere Vorkommnisse.